Collection main de femme :

des livres à ne pas mettre entre les mains de tous les hommes

Je marche.
Je ne cours pas. Je ne fuis pas. Je marche pour venir, pour affronter le temps. Je vais de l'homme à l'homme, de l'enfance à l'enfance. Chaque mot est un pas qui allège la route. Je vais d'un arbre à l'autre, de la pierre à la pluie, de la marelle au pain. Tant pis pour les ratures, je n'efface plus rien. Mes lignes se rejoignent où je n'irai pas.

Jean-Marc La Frenière

MIREILLE
BARBIERI

C'était en février

Le fauteuil oscille régulièrement. La vieille dame aux cheveux blancs semble ne pas bouger. Pourtant un imperceptible mouvement du talon donne l'impulsion.

Elle est assise là depuis longtemps, depuis toujours. La vie, c'est dans le vague de ses yeux, dans le creux de sa tête.
Tout s'est arrêté un soir de février. Peu importe l'année.

Son regard se perd sur l'horizon du jardin, en suspens, effilochant la laine du souvenir aux branches du tilleul qui continue ses cycles de feuilles pour ponctuer le temps. Elle ne voit rien.

Sa mémoire s'est figée sur un ciel de limaille et le tilleul dévêtu, frileux sous un duvet de neige.

C'était en février.

1

Il traîne ses chaussures de marche sur une route départementale. Les talus n'ont pas été fauchés depuis bien longtemps et les herbes folles masquent le ruisseau. Il entend son léger chuintement, cela l'apaise.
Pas l'ombre d'un véhicule à l'horizon. Les sangles de son sac à dos lui scient les épaules. Il en a assez de cette route qui s'étire sans fin. D'ailleurs, il ne sait pas pourquoi il l'a empruntée plutôt qu'une autre. L'automobiliste qui l'avait pris en stop l'a débarqué voilà une bonne heure déjà à un croisement désert.
Le matin même, il a laissé le dernier village où il avait travaillé pendant une quinzaine de jours, cueilleur de poires, pourquoi pas ? Il lui fallait bien gagner quelques francs pour continuer la route. Il avait successivement, bâti un mur d'enceinte pour l'école d'un petit village de la Creuse, fait la saison des cerises, puis celle des poires. À chaque fois il était hébergé, la paye était donc tout bénéfice.

Il se dit qu'il a de la chance. Depuis qu'il a décidé de faire la route, il n'a pas eu trop de problèmes, les gendarmes l'ont contrôlé une seule fois, il a dormi la plupart du temps dans des granges et quelques fois à la belle étoile. Pour l'instant rien de désagréable ne lui était arrivé, certains appelleraient ça une vie à la dure, mais lui ça ne le dérangeait pas ; il avait choisi, du moins pour un temps.
Il évite les villes, il ne supporte plus la vue des appartements empilés, la foule qui se presse, les klaxons, la rumeur qui enfle dans les rues. Alors il fait des détours pour les éviter. C'est comme ça qu'il s'est retrouvé à ce croisement avec, sur les panneaux, ces noms de villages inconnus.
Un des noms lui a plu, les autres avaient des noms ordinaires : Saint ceci, Saint cela, au Diable tous ces Saints ! Combe-aux-Bois, ça c'est un nom qui chante.
Peut-être va-t-il s'y arrêter un temps, si l'endroit lui convient, s'il trouve un petit job, de toute façon il s'en fiche, rien ne le retient nulle part, la seule chose qui lui convient depuis qu'il est parti, c'est de marcher.
Il marche derrière son ombre, sans s'arrêter,

jusqu'à la rejoindre, ensuite il fait une pause, casse la croûte et puis il marche à nouveau traînant derrière lui cette ombre qui s'étire jusqu'à disparaître, alors il cherche un abri pour la nuit.

2

Le village, semblable à tant d'autres, se profile au détour d'un virage et je sais déjà ce que je vais trouver : un clocher qui joue les vigies et croit veiller sur ses habitants, un drapeau au-dessus de la mairie, à coup sûr un café où les vieux viennent refaire le monde en regardant le fond de leur verre, une fontaine sur la place et peut-être bien quelques platanes, à moins que la maladie ne les ait déplumés. Ici ou ailleurs, de toute façon ce sera pareil, le même vide, le même ennui, rien à leur dire, rien à comprendre, encore moins savoir pourquoi je suis là.

Quelques centaines de mètres avant le panneau d'entrée du village, une grille en fer rouillée s'ouvre sur une allée envahie de graminées. Je ne sais pas pourquoi mes pas me tirent au-delà du portail. L'allée glisse entre les arbres et les taillis enchevêtrés. Derrière se dresse l'ombre d'une bâtisse. Un château peut-être ? Peu probable. Jusque-là je n'ai vu

que des fermes, quelques maisons de maître, mais rien qui ressemble à un château.
Il faut contourner un énorme tilleul pour voir apparaître la maison en pleine lumière, austère, imposante. Pourtant, à bien y regarder, elle n'est pas si grande que ça, mais au milieu de cette végétation foisonnante et sauvage, elle saisit. Si j'étais un gamin, je repartirais dare-dare sans demander mon reste.
Pas un bruit. Les volets du deuxième étage sont clos. Certains du premier niveau sont simplement croisés. Au rez-de-chaussée, le soleil se reflète dans les portes-fenêtres.
Au milieu des touffes d'herbe, se dressent quelques marguerites éparses, vestiges de massifs cultivés, à part ça c'est le règne du pissenlit, des orties et du chiendent. Ça n'égaie pas la baraque déjà peu accueillante.
Je m'avance jusqu'à l'arrière du bâtiment, une remise et d'anciennes écuries prolongent l'habitation. La porte n'est pas complètement fermée, ça coince un peu, le bois est gonflé et je dois la soulever légèrement pour la faire pivoter. Tout est vide, mis à part deux chaises en paille, défoncées, et une colonie d'araignées dans leurs toiles.

Même si je voulais dormir ici, rien n'y engage, je préfère les granges et leurs ballots de foin, il y a toujours une fermière pour donner de quoi casser la croûte. Et puis j'en ai assez, ce soir j'ai décidé de dormir sur un bon matelas, il y aura bien une auberge ou un habitant accueillant en échange de petits travaux pour me fournir le gîte.
Je contourne la remise et me retrouve près d'un lavoir. Vide. C'est triste un lavoir sans eau. Le parc, à y regarder de plus près, a dû être beau. Il ne faut pas que je m'éternise ici si je veux trouver quelqu'un dans le village, le soir les gens n'ouvrent pas facilement leur porte.

3

La nuit a été confortable. L'auberge ne paie pas de mine, mais l'intérieur est douillet, et la patronne, trop heureuse d'avoir un client en cette saison s'est surpassée pour me concocter un repas. Le seul problème c'est qu'elle était en manque de conversation et, au plat de résistance, elle s'est installée face à moi, un verre de vin devant elle. Mes réponses laconiques ne l'ont pas découragée, elle a parlé seule et je n'ai eu qu'à ponctuer d'onomatopées. J'en sais plus aujourd'hui sur ce village que sur la ville où je suis né !

– Les gens d'ici sont méfiants, ils vous regardent par en dessous ou du coin de l'œil, rien ne leur échappe. Et j'en sais quelque chose, je viens de Saint-Lambert à vingt kilomètres, c'est mon homme qui était d'ici, et bien vous ne me croirez pas, il a fallu des années pour qu'ils me considèrent comme des leurs. Et encore, quand mon mari est

mort – paix à son âme – certains d'entre eux attendaient que je plie bagage et rentre chez moi pour pouvoir racheter l'auberge. Vous vous rendez compte, trente ans après ! Que vouliez-vous que j'aille faire dans un trou perdu comme Saint-Lambert même si j'y suis née ? Ici, au moins, il y a un peu d'animation, quelques clients réguliers, des représentants, quelques familles qui viennent se reposer l'été, et parfois des égarés comme vous. C'est suffisant, le reste du temps je m'occupe de mon jardin, je vous le montrerai demain, il est à l'arrière de l'auberge et, sans me vanter, il est magnifique. Tout ce que vous mangez vient de mon potager. Vous allez rester combien de temps chez nous ?
– Je ne sais pas encore. Si je trouve un travail, je ferais bien une petite pause ici.
– Oh ! Du travail c'est pas ce qui manque, mais ceux d'ici préfèrent rester entre eux, ils n'aiment pas trop les étrangers de passage. Essayez toujours de louer vos bras pour les coupes de bois, je vous donnerai quelques noms de fermes où vous pourrez tenter votre chance, vous direz que vous venez de ma part. Vous pouvez même dire que

vous êtes un parent éloigné, ça les rassurera peut-être. Ce qui est certain c'est qu'ils sont déjà quelques-uns à savoir qu'il y a un client d'arrière-saison à l'auberge.
Elle soulève les mi-rideaux jaunâtres de la fenêtre et pointe le doigt en direction d'une grande maison de pierres grises gardée par une armée de nains de jardin.
– La Bernadette est toujours à son poste, sa maison est organisée pour avoir en permanence un œil sur ce qui se passe sur la place. De son fauteuil derrière la fenêtre, elle peut tout voir, même de ses fourneaux, elle surveille les mouvements du village, une voiture qui s'avance, un vélo qui passe, un villageois qui tousse ; elle est prête à bondir et ouvrir grand les fenêtres toujours croisées pour mieux entendre. Bondir, j'exagère, elle trottine sur ses jambes courtes, parce qu'elle est grosse comme un petit tonneau. Mais je vous embête peut-être ? Vous voulez une liqueur ? Allez, c'est la maison qui offre !

Inutile de protester, elle était déjà devant le buffet pour en extraire deux petits verres et trois bouteilles pour me faire choisir.

– Je vous conseille la prune.
– Et la grande maison avant le panneau du village, elle est habitée ?
– Ah, ça, c'est la plus belle bâtisse, la plus grande du village.
– Elle a l'air abandonnée.
– Non, c'est Madame Bussière qui y vit, enfin je devrais dire Mademoiselle, mais vu son âge, on peut dire Madame. Monsieur Bussière, son père, était notaire, et à sa mort, le fils qui n'avait pas réussi à devenir notaire n'a pas repris l'étude qui se trouve à Château-Saint-Sauveur, ils l'ont vendue et sont venus habiter définitivement ici. Avant, c'était leur maison d'été. Un temps ils ont vécu là tous les deux, puis le frère est parti pour la capitale. Il y avait un métayer à l'année pour entretenir les terres attenantes et la maison. Les terres, ils les ont vendues aussi, mais le paysan est resté jusqu'à sa mort à leur service, il entretenait le parc. Je vous parle d'au moins trente ou quarante ans en arrière, peut-être même plus. Quand je suis arrivée ici, j'ai eu la chance de pouvoir y entrer une fois. Mademoiselle Bussière avait demandé à mon mari de venir faire un extra : repas, service,

car ils recevaient des gens de la ville. Vous auriez vu ça, rien que de belles choses, vaisseliers pleins d'argenterie, nappes brodées, meubles dignes d'un château, des tentures de velours assorties à celui des fauteuils, je n'avais jamais rien vu d'aussi beau à Saint-Lambert. J'étais tout intimidée avec mon petit tablier blanc, je n'avais qu'une peur, c'était de casser un verre en cristal ou une assiette en porcelaine de Limoges, j'en avais les mains qui tremblaient. Mais c'est pas le tout, vous me faites parler et il faut que je range encore ma cuisine.

Elle était bien bonne celle-là, c'est moi qui la retenais !
Je n'ai rien rajouté, je lui ai souhaité la bonne nuit en la remerciant pour la prune.

4

Je me donne deux jours pour trouver du boulot, sinon je reprendrai la route.
Pas moyen d'échapper aux bavardages de la patronne, Angèle de son petit nom, elle est arrivée à le glisser ce matin dans la conversation. Le petit-déjeuner était aussi copieux que le repas d'hier, je pourrai tenir sans manger la journée entière ! Je suis encore moins bavard le matin, mon silence et ma mine fermée l'ont un peu découragée. J'ai pu terminer mon petit-déjeuner en paix en regardant son fameux potager puisqu'elle m'a servi dans la véranda, petite pièce à l'arrière.
Le jardin, un véritable carnaval ! Elle a confectionné toutes sortes d'épouvantails pour éloigner les oiseaux : bouteilles et chiffons suspendus, croix de bois habillées d'un chapeau et d'un vieux pull, objets indéfinissables accrochés aux branches des arbres. Les volatiles n'en ont que faire, ça piaille et chante à tue-tête.

En passant devant chez la Bernadette, je fais ostensiblement un hochement de tête pour la saluer, le rideau frissonne.

Trois fermes j'ai visité, ils n'avaient besoin de personne comme Angèle me l'avait prédit. Je ne me suis pas présenté comme étant de sa famille, pas envie d'entrer dans les histoires de village.
Dommage, l'endroit me plaît bien, j'aime son côté sauvage. Le village est enchâssé dans un doux vallon, avec des prés où paissent des vaches. On dit que les vaches regardent bêtement, moi je ne crois pas, on dirait qu'elles sont là simplement pour pacifier un peu plus le paysage. Nous nous regardons longuement par-dessus le fer barbelé. Est-ce qu'elles me considèrent elles aussi en étranger ? Si je reste quelque temps, je vais expertiser la pensée bovine ! Ça sera peut-être moins abrutissant qu'avec les humains.
J'ai tourné autour du village pendant deux bonnes heures et mes pas m'ont conduit à nouveau devant la grille rouillée. Cette « baraque » m'impressionne et j'aimerais

bien voir la tête de la demoiselle Bussière. Cette fois, sans hésitation je suis l'allée jusqu'au perron. J'essaie de regarder par une des portes-fenêtres, mais une tenture masque en partie l'intérieur, le soleil frappe sur la vitre et me renvoie mon reflet. Je me demande si je vais toquer à la porte ou agiter la cloche suspendue près de l'entrée.
– Il n'y a plus de gong depuis longtemps. Que cherchez-vous, jeune homme ?
Je fais volte-face, surpris de ne l'avoir pas entendue venir malgré le gravier. Une vieille femme aux cheveux blancs, toute en noir, me scrute. Un regard presque blanc s'il n'y avait cette pupille sombre me fixant sans ciller.
– Et bien, auriez-vous perdu votre langue ?
– Du tout. Bonjour Madame. Je suis arrivé hier à Combe-aux-Bois et suis à la recherche de quelques travaux. Je fais donc le tour des fermes et propriétés du coin.
– De propriété il n'en est qu'une, c'est celle-ci et nous n'avons aucun travail à vous proposer. Vous comptez rester longtemps ?
Elle m'observe toujours, me détaille des pieds jusqu'à la tête. J'ai l'impression d'être un gamin interrogé par une institutrice. Je

me secoue pour ne pas prendre l'air penaud de celui qui ne sait pas sa leçon.

– Je ne sais jamais combien de temps je vais rester lorsque je m'arrête quelque part. Tout ce que je peux vous dire, c'est que je repartirai. Je veux voir du pays, mais pour ça j'ai besoin d'argent et je loue mes services de temps en temps.

– Et vous comptez aller jusqu'où comme ça ?

– Je n'en sais rien non plus, je laisse faire le hasard.

Je sens un intérêt certain derrière son regard aigu et froid. Elle a gravi les marches et se tient maintenant dos à la porte, la main sur la poignée, un port de tête et un maintien avec un je-ne-sais-quoi d'aristocratique.

– Ici, c'est le nom du village qui m'a guidé, il sort de l'ordinaire, il est gai.

– Il n'est gai que de nom. Vous entrez souvent dans les propriétés privées sans y être invité comme vous l'avez fait hier ?

J'aurais déjà dû partir puisqu'elle m'avait dit ne pas avoir de travaux à me proposer. Pourquoi continuait-elle à converser ?

– La grille est rouillée, mais superbe et j'ai eu envie de voir vers quoi menait l'allée de cette

entrée qui semblait abandonnée. Je l'avoue, j'ai été curieux et je ne suis pas déçu. La maison est belle, mais elle n'est pas entretenue. Il me semble qu'il y aurait peu à faire pour lui redonner vie : défricher le parc, tailler les arbres, graisser la grille et la repeindre, nettoyer le bassin et le réalimenter et peut-être repeindre les fenêtres et volets. J'aurais pu m'occuper de tout ça, moyennant un petit salaire, mais puisque tel n'est pas votre projet, je vais continuer à chercher dans les fermes.
– Vous ne trouverez rien.

Elle tourne la poignée et disparaît en marmonnant ce qui doit être un « au revoir jeune homme », et je me retrouve seul sur le perron, l'air tout con, ne sachant pas si je dois repartir ou non.
– Jeune homme !
D'une des fenêtres du rez-de-chaussée, elle m'interpelle à nouveau alors que je tourne les talons.
– Où êtes-vous logé au village ?
– À l'auberge.
Elle referme la fenêtre et puis plus rien.
Étrange femme.

Je suis toujours le seul client de l'auberge. Je m'installe dans la véranda, toutes fenêtres ouvertes pour profiter des derniers rayons de soleil et aussitôt, j'aperçois la silhouette toute ronde d'Angèle.
– J'ai cueilli pour vous une de mes dernières salades.
Elle se dandine au milieu des rangées de légumes, s'essuyant une main sur son tablier et agitant de l'autre sa salade comme un trophée. Le coucher de soleil ne sera pas silencieux.
– Le repas est prêt. Je vous ai fait un ragoût à ma façon, deux heures que ça mijote ! Vous pouvez vous lécher les babines. Demain je ferai une daube.
– Je pense repartir demain. Pas l'ombre d'un petit travail ici, je ne peux pas me permettre de m'éterniser, je ne suis pas en vacances, il faut que je reprenne la route.
La salade et le bras retombent le long de son corps.
– Des idiots ! Rien que des idiots ! J'en connais plusieurs qui auraient besoin d'un coup de main ! Des sauvages ! Ils ont peur de quoi ? Je vous le demande. Ils voient bien que vous

avez de quoi payer puisque vous avez pris une chambre. Hein, que vous avez de quoi payer ? ...

– Bien sûr, je peux même vous régler tout de suite les deux nuits, ce sera chose faite.

Je sors mon porte-feuille et lui montre quelques billets pour la rassurer.

– Non, non, on verra ça demain. Quel dommage !

Elle rentre en pestant contre ces « foutus » paysans.

5

Mon sac est prêt, je vais prendre un bon petit-déjeuner pour tenir le plus longtemps possible. Je ne sais pas trop quelle direction prendre, je vais peut-être me fier au hasard ou à Angèle, oui ça lui fera plaisir, je crois, que je prenne son avis.

– Madame Angèle, bonjour.
– Ah ! vous voilà enfin !
– Il n'est que huit heures et j'ai tout mon temps.
– Et bien, on a téléphoné pour vous.
– Qui donc ? Personne ne sait que je suis dans ce village !
– Si j'étais vous, je ne perdrais pas de temps.

Angèle prend un malin plaisir à faire durer le mystère, elle a le regard pétillant de celle qui en sait long.

– On vous demande à la Rosière. Madame Bussière a téléphoné voilà dix minutes, elle

veut vous voir dans la matinée, chez elle, et si j'étais vous je ne la ferais pas attendre.
– Eh bien, elle attendra quand même que j'aie avalé mon petit-déjeuner.
– Pour sûr, elle doit vouloir vous embaucher, j'en mettrais ma main au feu !

Je ne sais trop que penser de cette vieille femme qui se prend pour une châtelaine, elle m'impressionne et m'agace.
Je traverse tranquillement le village déjà en effervescence. Les gens d'ici sont de ceux pour qui la besogne n'attend pas. La journée appartient à ceux qui se lèvent tôt !
Voilà que je parle comme mon vieux maintenant !
Il y a la queue chez le boucher et à la boulangerie. D'où viennent-ils tous ? Il y a certainement plus de fermes dans les environs que je ne le supposais. Quelques hommes, surtout des vieux, se régalent d'un café arrosé à la terrasse du bar. À mon passage, les conversations s'arrêtent, des regards glissent en biais sous les casquettes et les bérets.
– Bonjour messieurs.
Une sorte de grognement collectif me répond.

J'avance, les paires d'yeux accrochées à ma nuque. Dès que je passe l'angle de la rue, j'entends à nouveau le ronronnement de leurs voix bourrues. Je crois que ma présence va alimenter leur conversation pendant un moment.
Les matins sont déjà froids pour la saison, une brume grise s'effiloche à la cime des arbres et retombe en un voile humide sur la tête et les épaules. Les mains enfoncées dans les poches de mon blouson, je ralentis le pas lorsque je m'engage dans l'allée de la maison. Cette fois, j'ai bien vu inscrit sur la partie haute de la grille « LA ROSIÈRE » en lettres majuscules de fer forgé.
La seule chose qui rappelle un peu la vie ici, ce sont les oiseaux qui piaillent dans les arbres du parc, merles, moineaux, pies ; pour le reste, tout est mort, une atmosphère de cimetière. À l'approche de la bâtisse, pas un mouvement, et pourtant je sens une présence qui m'épie. D'où va-t-elle surgir aujourd'hui ? Je fixe les abords de la terrasse, car j'ai perçu un mouvement furtif, sans parvenir à le localiser. Je sais qu'elle m'observe. J'accélère le pas jusqu'à la porte principale et je toque du

poing. Si je ne savais déjà qu'elle vit seule ici, je m'attendrais à ce qu'une bonne ou un majordome vienne m'ouvrir la porte. C'est bien sûr elle qui m'ouvre. Les épaules enveloppées dans un châle, elle s'avance sur le perron.

– Si vous voulez travailler pour moi, il faudra vous lever tôt. Bonjour jeune homme.

– Bonjour Madame. Tout dépendra du genre de travaux que vous voulez que je fasse.

Je suis certain qu'elle ne va pas me proposer d'entrer.

– Vous êtes prêt à tout faire d'après ce que vous m'avez dit hier, alors vous allez commencer par le parc. Vous avez établi vous-même la liste de ce qui est nécessaire pour redonner vie à ces broussailles. Venez, je vous conduis à l'appentis où se trouvent les outils, il faudra graisser les cisailles, scies, sécateurs, mais il y a tout ce qu'il faut. Vous brûlerez les branches, les feuilles et les herbes au fond du parc, il y a un emplacement à cet effet entre des pierres. Vous ne travaillerez que le matin, je veux avoir du calme les après-midi.

Je l'écoute lancer ses consignes. À aucun moment elle ne me demande si je suis d'accord, si la proposition me convient, pour elle cela va de soi. De même qu'elle n'a pas prononcé un mot sur le montant de mes services. À l'instant même où cette pensée m'effleure, elle me dit :
– Vous serez payé soixante francs la demi-journée, c'est déjà plus que ce que vous aurait proposé un paysan du coin.
Malgré une petite colère qui monte en moi je m'entends répondre :
– D'accord, je commence aujourd'hui ou demain ?
– Vous n'avez qu'à préparer l'outillage et vous commencerez demain, je vous laisse carte blanche. Si ça ne me convient pas, je vous le ferai savoir. Encore une chose, vous n'entrerez pas dans la maison, vous ne vous occuperez que des extérieurs. J'ai mis tout ce dont vous aurez besoin dans l'appentis.
Elle tourne le dos et repart vers la maison sans un mot de plus et je reste là, les bras ballants.
Quelle bonne femme ! Un vrai sergent-major. Il faudrait peut-être dire « à vos ordres ».

Bon, pas d'état d'âme, c'est bien payé et je vais travailler seul, comme je veux, enfin presque, je vais être sous haute surveillance.

C'est un vrai bazar dans ce local, en plus il y fait un froid d'église. C'est vrai qu'il y a tout le nécessaire, bidon d'huile, chiffons, faux, sécateurs, corde, cisailles, scies, sacs d'engrais, bouillie bordelaise, pelles, bêches, pioches et j'en passe. Le tout recouvert d'une poussière épaisse accrochée à la rouille. Celles qui ne doivent pas être heureuses de me voir fouiller dans ce fatras, ce sont les araignées, de vrais baldaquins qu'elles se sont tissés ! Je fais un carnage à coups de balai de bruyère ! Je ne vais pas moisir dans ce trou poussiéreux et glacial, dehors le soleil est parvenu à percer, et la nappe de brouillard s'effiloche. Je sors une vieille chaise éventrée, la cale contre la façade est de la maison et j'étale les outils au sol. Au bout de deux heures de travail, j'ai vidé la moitié du bidon d'huile, mais les lames commencent à luire de graisse et à coulisser à peu près correctement. Il y a même une roue à aiguiser à l'intérieur et toutes les lames y sont passées. Pendant tout ce temps, je n'ai pas revu « la châtelaine », pas un mouvement, pas un bruit. Je suspends mon bazar rutilant au-dessus de l'établi et je me contente de chiffons pour me nettoyer les mains parce qu'il n'y a pas d'eau dans l'appentis. Je referme la porte et repars vers la grille sans un regard vers la maison, je suis sûr qu'elle me guette derrière les rideaux. Je vais faire en sorte de l'ignorer, et je parie qu'elle ne résistera pas et viendra me parler sous peu.

6

– Ben alors ? Elle vous embauche, c'est ça ? Qu'est-ce que je vous avais dit ? J'étais sûre que c'était pour ça qu'elle téléphonait.
Ce qui est bien avec Angèle, c'est que dès qu'elle émet une question, la réponse court derrière !
– Alors ?
– Ben oui, je vais faire des travaux pour elle, je commence par le parc à défricher, seulement le matin, elle ne veut pas me voir là-bas les après-midi.
– Et bien sûr elle ne vous a pas proposé de vous héberger.
– Non, effectivement.
– J'en étais sûre, ça ne serait pas convenable.
– Ah bon !
– Ben oui, une dame de son rang ne peut pas héberger un jeune homme inconnu, chez nous ça ne se fait pas.
– Mais elle a l'âge de ma grand-mère !
– Ça fait rien, c'est comme ça, on ne mélange pas les serviettes et... vous voyez ce que je veux dire.

– Je vois. Alors vous allez être obligée de garder l'auberge encore un peu ouverte ! Mais il va falloir me faire un petit prix de pension, je ne peux pas dépenser tout ce que je gagne en hébergement.
– On va peut-être trouver une solution à l'amiable. Si vous êtes libre les après-midi, vous pourriez faire de petits travaux pour moi, peintures, taillage des arbres, en échange de l'hébergement et je vous ferai un prix pour les repas. Ça vous irait ?
– Si vous ne me faites pas refaire toute l'auberge, on doit pouvoir s'entendre !
– On va prendre un petit apéritif pour sceller notre accord, un muscat, ça vous dit ?
– Va pour un muscat.
– À votre santé, à votre avenir !
– Santé !
– Pour ce qui est du mien d'avenir pas la peine d'émettre des vœux, il est tout tracé et largement entamé ! Mais vous, vous avez toute la vie devant vous !
– Vous avez encore du bon temps.
– Oh ça ! Dieu seul sait, Antoine ! Vous permettez que je vous appelle Antoine n'est-ce pas ? Vu que vous allez travailler

pour moi et que vous pourriez être mon fils, je pense, je me trompe rarement sur l'âge des gens.

Une fois encore il n'y a pas place pour mes réponses. Et je fais exprès de ne pas lui répondre sur mon âge, je ne doute pas un instant qu'elle se débrouillera pour le connaître d'une façon ou d'une autre.

– Qu'est-ce que je disais, ah oui, vous ne m'avez pas dit ce que vous faites dans la vie ?

– Et bien on va dire que je suis à la recherche de la vie qui est en moi.

– … Quoi ? Vous vous moquez de moi !

– Je plaisante, oui. J'avais un métier, mais je ne l'aimais pas.

– Oui peut-être, mais il devait vous rapporter un peu d'argent, de quoi vivre, c'est fait pour ça un travail.

– Oui, mais ce n'était pas la vie, je mourrais à petit feu.

– Comme vous y allez ! Un travail c'est un travail et il faut bien en avoir un, on ne meurt pas du travail sauf dans les métiers trop durs comme la mine, mais vous n'avez pas une tête à aller à la mine.

– J'ai décidé de faire prendre l'air à la grisaille

que j'avais dans la tête. J'ai tout lâché et je vais voir ailleurs.
– Vous parlez comme les riches qui n'ont pas besoin de travailler.
– Vous vous trompez, je viens d'un milieu ouvrier. Ce que je sais, c'est que je ne trouverai pas ce que je cherche dans les villes.
– Vous êtes bien compliqué. Moi, plus jeune, je rêvais d'aller à la ville, mon village, c'était le vide, l'ennui, la vie était ailleurs et j'ai atterri ici. Le rêve s'est dégonflé comme un ballon de baudruche, pfuit ! Tout ça pour les beaux yeux de Fortuné, et c'est sûrement mieux comme ça. Quand on est jeune, on croit toujours que c'est mieux ailleurs, mais ce soi-disant Ailleurs, c'est peut-être là où on est, il suffit de décider que c'est là. En fait on sait pas profiter de ce qu'on a, alors on rêve. En tout cas, moi je ne changerais pas pour un empire, ma place est ici.
– Chacun sa façon de voir. Et si vous me montriez les travaux à faire ?
– Oh ! Vous êtes un malin vous ! Allez, on va faire le tour. Je crois que ce serait bien de repeindre les fenêtres de la salle à manger, j'en profiterai pour changer ces rideaux minables

et peut-être un coup de blanc sur les murs, ça égaierait la pièce non ? C'est trop sombre, il faut que je donne envie aux touristes de rester ici. Qu'est-ce que vous en pensez ?
– Oui, c'est une bonne idée de rafraîchir cette salle, si j'étais vous, je repeindrais les poutres en clair aussi pour donner l'impression que la pièce a plus de volume.
– Mais oui ! Pourquoi je n'y avais pas pensé ? Mais vous ne croyez pas que ça va faire trop moderne pour mes clients ? Ils aiment le côté campagnard.
– Vous pourriez décorer avec de vieux outils, des rideaux à petits carreaux qui font plus campagne.
– Je sens qu'on va bien s'entendre, vous comprenez tout de suite ce que je veux ! Faites l'inventaire des outils qui sont dans la cabane au fond du jardin et vous me direz ce que je dois acheter. Demain, l'épicier descend à la ville avec sa fourgonnette, j'irai avec lui et je ramènerai tout ce qu'il faut.

Je suis content que ma chambre ne donne pas côté place, pas envie d'être épié par La Bernadette. C'est bizarre cette façon de mettre un article devant le prénom, c'est populaire, mais on fait de même pour les célébrités, La Callas, La Pompadour. En fait Bernadette est une sorte de célébrité à sa manière. Elle est la Vestale du village, prêtresse dernière gardienne de ce lieu. Je me demande si elle est vierge, les vestales du temple sont toujours vierges !

Mes pensées tournent en rond dans ce village, je n'arrive pas à m'extraire de l'atmosphère qui règne ici. Mon bouquin est toujours ouvert à la même page et je me rends compte que je scrute depuis je ne sais combien de temps les motifs du papier peint : petits fagots de blé et fleurs bleues posés sur de fines rayures, le tout défraîchi. Je ne comprends pas pourquoi je suis là, rien n'explique que je m'installe ici, je sais que le soi-disant travail que je cherche n'est qu'un prétexte, en réalité, si je m'en tenais à ce que j'avais prévu, je devrais être déjà loin. Plus d'attaches, plus de contraintes, seulement l'idée de partir, loin, le plus loin possible. M'éloigner de moi, de tout ce qui me rattache à mon passé, c'est mon credo, alors pourquoi cet arrêt qui, je le pressens, va durer ? Je n'en sais rien, ou peut-être je ne veux pas savoir. J'éteins la lampe de chevet et je m'enfonce dans les coussins. Je me lève brusquement pour tirer les rideaux, je pousse les volets, je veux voir la nuit. Il n'y a pas de lune, mais j'ai besoin de respirer le dehors. Je plonge sous les couvertures et laisse l'air froid courir sur mon visage, il me rassure.

7

Je ne travaille pas à la Rosière le dimanche, et les autres jours le matin seulement. Angèle m'a formellement interdit de travailler les fins de semaine, je la soupçonne de vouloir faire durer ainsi le plus possible les travaux que j'ai entrepris à l'auberge. La seule solution pour échapper à ses bavardages, c'est soit de m'enfermer dans ma chambre, soit de partir battre la campagne. Vu que le temps est encore clément, j'opte pour la deuxième solution et pars explorer les environs.
Dès que je le dis à Angèle, elle prépare en un tour de main un casse-croûte et il serait mal venu de refuser !

Le dimanche matin, il y a du mouvement dans le village, grand-messe oblige ! Je me suis arrêté au bar pour avaler un café et regarder les allées et venues sur la place. Des couples endimanchés, madame engoncée dans une gabardine, cheveux permanentés de frais, monsieur en veste sur pantalons de velours, des fillettes en jupes plissées, garçons propres sur eux. Beaucoup de femmes seules, paysannes, commerçantes, leurs hommes sont certainement ceux qui avalent un petit blanc au comptoir du café. Il y a peu de jeunes, ceux qui se dirigent vers l'église ont l'air égaré dans ce village de carte postale.

Je reconnais La Bernadette sans l'avoir même jamais vue, exactement le portrait que m'en a fait Angèle, elle trottine en tenant son sac à main accroché à son bras, l'œil vif balayant les abords de l'église.

– Alors, c'est vous l'homme à tout faire de la Baronne ? me dit le patron en me servant le café que j'ai commandé au comptoir.

– Je fais quelques travaux à la Rosière, mais je ne savais pas que Madame Bussière est baronne.

– Oh ! c'est façon de dire. Elle n'est pas baronne, mais c'est du pareil au même. Y en a du boulot non ?

– Comme dans toutes les vieilles maisons, mais rien d'extraordinaire.

– Vous êtes là pour longtemps ?

– Aucune idée, ça dépendra des travaux.
– Bon, eh bien bon dimanche.
Il encaisse et va rejoindre ses acolytes qui attendent des informations fraîches. J'avale mon café et me lève rapidement, il me tarde de retrouver l'anonymat dans les forêts avoisinantes.
Je prends ce qui semble être la rue principale et me retrouve au détour de quelques maisons sur un chemin de terre. C'est la deuxième fois que ça m'arrive : je ne sais toujours pas où est la route de sortie du village. Il faudra que je demande à Angèle.

Le chemin à crête herbue se resserre pour devenir un sentier étroit qui se faufile entre des chênes au feuillage dense. Les rayons matinaux jouent avec les couleurs d'automne. Les jaunes, les roux créent une atmosphère de velours malgré l'air vif. Au loin, on perçoit le son étouffé d'une cloche matinale, le coup sec et cadencé d'une hache, le chant d'un coq, puis peu à peu, on perd le son des choses de l'en-dehors. Tout se noie progressivement sous la voûte des arbres. On pénètre le silence comme une eau un peu trop fraîche, petit à petit. On se laisse surprendre, puis apprivoiser. La lumière parvient comme diluée sous les eaux opaques d'un étang, elle glisse sur les fougères aux grandes hampes, le vert se fait plus tendre sur le noir de l'humus. Ceux que le monde végétal laisse indifférents ne verraient ici qu'un lieu en tout point identique : buissons enchevêtrés, barrières de troncs plantés en désordre, ronces sournoises. Leur oreille, déformée par les bruits du monde, n'est pas aguerrie aux murmures, frôlements, souffles, qui habitent la forêt. Pourtant, ici, tout est une invite à plonger plus profond. Mon corps est à l'écoute de la moindre agitation dans les fourrés, du plus petit froissement de feuilles révélant une autre strate de vie, un monde feutré, masqué. Je suis un clandestin. J'essaie de me fondre, de faire corps avec cette nature dissimulée et énigmatique, je veux aller au cœur de son intimité. La forêt est une matrice et je m'y glisse comme un enfant se love dans les bras bienveillants de sa mère. En pénétrant plus avant, c'est au profond de moi-même que j'avance. Je perçois toute la densité de mon être dans cet espace. Je prends conscience

de chaque muscle tendu sous mon pas, des bruits de mon corps, jusqu'aux battements de mon pouls aussi présents qu'un métronome. Mon souffle n'est plus un simple mécanisme respiratoire bien huilé, je mesure l'intensité de l'inspir qui gonfle la voile de mes poumons, sans hâte, pleinement.
Au-dehors, le vent se renforce, je l'entends brosser la coiffe des arbres. J'ai appris au cours de mes cheminements solitaires à entendre les vibrations de vie là où d'autres ne voient que le vide, l'ennui. Petits claquements en rafale sur le bois, un Pic-vert plante son bec aiguisé sur un châtaignier ou un bouleau. Le silence est bavard pour qui sait écouter : un filet d'eau va son chemin de pierres et de mousses, il clapote et chuinte ; des fougères frissonnent, certainement un animal effrayé par mes pas. Des racines s'enchevêtrent, se croisent par endroits, surgies du sol en une trame. Au passage, je reçois la caresse de buissons au feuillage doux. Ici point de ronces aux griffes acérées, elles ont élu domicile à l'orée, entre les pierres sèches d'éboulis d'un autre temps. La rosée a avivé les odeurs de terre et d'humus, cela me saisit.

Je perçois l'imminence de quelque chose, un je-ne-sais-quoi, une sensation familière brouillée par la mémoire. Il m'arrive parfois d'être ainsi devant une porte sur le point de s'ouvrir, prêt à renouer avec une partie de moi-même, et puis rien, le vide, une déception.

Dans une petite clairière, une trouée de ciel dans le treillis des branches. J'avale les savoureux sandwichs d'Angèle et je m'allonge sur ma veste, me laissant bercer par le vent dans la cime des arbres. Des images chaotiques défilent sous mes paupières, des couleurs du fuchsia au bleu profond. Je les laisse prendre possession de ma conscience et je sombre consentant dans un doux cocon.

Une couleur froide glisse sous mes paupières et glace mes yeux, un gris-vert d'acier, je me réveille en sursaut, le soleil a disparu, je frissonne. Je ramasse mes affaires et rebrousse chemin à grands pas, je sais que le mauvais temps peut arriver très vite.

Au fur et à mesure que je me rapproche de la lisière, les bruits de la campagne reprennent leurs droits. Des sonnailles résonnent ponctuées de meuglements, un chien aboie, un marteau s'acharne, un tracteur ronronne traînant sa charge rentrée à la hâte sous la menace du ciel. L'orée du bois ne parvient plus à faire écran et à protéger totalement de ses grands arbres le ventre de la forêt. Les bruits vont croissant.

Il n'y a pas un monde, mais des mondes qui se côtoient, s'effleurent, se bousculent parfois, mais on peut aussi vivre sans jamais soupçonner ou approcher ce qui se trame tout près de soi. Dans un creux de vallon, une fumée monte d'une toiture. Suspendus au gris du ciel, draps, torchons, robes et autres chiffons balancent sous le vent. C'est jour de lessive. Une corbeille d'osier attend la cueillette de linge. Les fermes agitent encore un peu de vie avant le grand repli de l'hiver. Bientôt, tout sera au-dedans, hommes et bêtes réunis. De lourdes gouttes de pluie s'écrasent lorsque j'arrive à l'auberge.

– Et bien, il était temps ! Je guettais la route depuis le grenier où j'engrange pour l'hiver. Il ne faut pas traîner quand le temps tourne. Ici, l'orage arrive vite et il peut faire beaucoup de dégâts en peu de temps, sachez-le.

– Oui, oui, je sais.
– C'est ça, vous savez, mais il s'en est fallu de peu pour que vous soyez pris dans ce sale temps !
– Mais vous m'engueulez, Angèle, ou je me trompe ?
– Bien sûr que je vous gronde, mais ce n'est pas méchant, vous le savez. Je m'inquiétais ! Comment j'aurais fait pour mes travaux si on vous avait retrouvé coincé sous un arbre déraciné !
Elle me dit cela avec un petit sourire maternel.
– Allez, venez vous sécher dans la cuisine, j'ai allumé le poêle parce qu'un orage en cette saison, ça va sacrément rafraîchir l'atmosphère. L'hiver est là, je vous le dis, moi, je ne me trompe jamais en matière de météo, je suis bien plus douée que la grenouille qui nous explique quel temps il va faire de son bocal télévisé !

8

Le parc commence à retrouver belle allure. J'ai retourné la terre des plates-bandes, taillé les arbustes, il me reste à bichonner les arbres. Au printemps, l'endroit sera superbe, je sèmerai des fleurs. En réalité, je devrais être parti d'ici là, mais je n'arrive pas à me projeter, je vis entre parenthèses. Ce village est un lieu à part, un espace hors de tout. C'est bizarre cette impression de temps qui ne s'écoule pas. J'ordonnance, je nettoie, mais tout semble immuable ici.

Je ne peux m'empêcher de la regarder du coin de l'œil, derrière la vitre du petit salon. Tous les jours ou presque, elle est là, elle se balance légèrement dans son fauteuil à bascule. Elle pourrait lire, mais non, elle a les yeux rivés sur le parc. Au début, je pensais qu'elle me surveillait, maintenant je suis certain que non. Elle ne me voit pas, son regard est posé ailleurs, au-delà de ma personne, même quand elle semble me regarder. Ça me met un peu mal à l'aise, je suis transparent. Pourtant je connais déjà cette sensation-là, j'ai toujours été transparent aux yeux de mon père. Nous étions, mes frères et moi, une seule et même entité, les enfants, les bouches à nourrir, les cris de bagarres, les bruits de course dans les escaliers. Quand il nous apostrophait, il nous appelait « les minots », rarement par nos prénoms. Parfois, je me demandais si le bruit de ses machines dans sa putain d'usine ne lui avait pas perforé le crâne pour laisser place à des trous de mémoire, des précipices dans lesquels nous nous étions évanouis. Et pourtant on faisait ce qu'il fallait et plus encore pour se rappeler à son bon souvenir ! Une flopée de conneries. Rien n'échappait à notre vivacité, notre ingéniosité en la matière. Je crois que les jours de rouste, j'étais partagé entre la haine et le plaisir d'exister enfin à ses yeux. Après, ça allait mieux pour lui, il pouvait aller à ses occupations, son devoir était accompli. Ma mère nous récupérait sous son aile avec un peu plus de confiture pour notre goûter. Elle criait, mais ne levait jamais la main. Elle estimait que c'était le tra-

vail du père et elle lui faisait le compte-rendu de nos innombrables bêtises, lui disant à quel point nous la rendions folle, jusqu'à ce qu'il s'exécute d'une fessée.
Son territoire à lui, c'était l'usine et le café. Il y passait la plupart de son temps. À part ça, rien, le vide. Pour lui, la maison, c'était la cantine, la sieste, le repos, enfin quand on était dehors. Dès qu'il arrivait, ma mère nous poussait dans la rue : « allez prendre l'air ! » Elle s'occupait de lui. Son repas était au chaud au coin du poêle, nous, nous avions déjà mangé. Elle faisait tout pour préserver sa tranquillité. Je ne suis pas certain qu'il la voyait plus que nous.
Donc, la transparence, j'en connais un bout.

Pourtant la « châtelaine » sait tout de mon travail. Elle me fait des commentaires, veut que je modifie un tracé de chemin, que je remette là où il était, un banc que j'avais déplacé. J'ai toujours l'impression que ses yeux sont rivés sur moi, mais quand je me retourne brusquement, elle fixe le tilleul de son regard blanc forgé au silence, elle ne cille pas. Elle est dans un autre monde.

Angèle est une vraie mère pour moi ! Elle a imposé une pause à quatre heures et j'ai obligation de manger le goûter qu'elle me prépare, il paraît que je travaille mieux après ! Avec elle, j'ai dix ans ! Je m'attable sans vergogne et je dévore le gâteau avec un grand bol de chocolat fumant. Chaque jour, je touche à une sensation bizarre, une image de gros bol festonné de cerises bleues dont j'avale le breuvage avec un plaisir qui n'a rien d'ordinaire et qui me fait fondre de l'intérieur. Je me laisse faire. J'essaie de ne pas trop montrer le chamboulement que ce fumet provoque en moi ; je crains qu'elle ne me devine et, d'un ton un peu trop bourru, je lui dis que je n'ai pas le temps de traîner si elle ne veut pas avoir la salle en chantier pendant des semaines.

– Oh ! Mais Antoine, vous prendrez le temps qu'il faudra, je n'ai pas de raisons de vous bousculer puisque pour moi la saison est finie, et puis ça me fait un peu de compagnie, les hivers sont longs, ici.

– Vous n'avez pas de famille, d'amies à visiter ?

– Si bien sûr, mais les conversations sont toujours les mêmes. Où que vous alliez, on parle de récoltes, du mauvais temps, des bêtes et de leurs bobos, des histoires de voisinage, de ce qu'a dit un tel, fait l'autre dans le hameau d'à côté, des terres convoitées par le voisin, des jeunes qui fichent le camp à la ville. Il n'y a jamais rien de très nouveau dans les histoires du pays, avec vous c'est un peu d'air d'ailleurs, et vous avez de la conversation.

Je retiens un petit rire, car en réalité c'est elle qui fait la conversation. Je ne fais que ponctuer de hochements de tête, de « Eh oui, c'est sûr », « Peut-être bien », « Hum hum ». D'ailleurs de temps à autre, elle me dit : « Antoine, vous avez la tête ailleurs, vous ne m'écoutez pas, vous n'avez pas répondu à ma question » ; là je dois dire deux ou trois phrases pour faire preuve de ma bonne volonté. Mais j'avoue que son verbiage ne me dérange plus comme les premiers jours, c'est un doux ronronnement, une musique rassurante, réconfortante même.
– Antoine, il est tard, vous devriez arrêter, le souper est bientôt prêt, vous allez être fatigué et demain vous serez bon à rien chez la Baronne.

– Déjà ! Je termine ce coin, demain le plafond sera sec, je pourrai passer aux murs. Au fait, vous m'aviez bien dit que Madame Bussière avait un frère, pourquoi ne vient-il jamais la voir et ne s'occupe-t-il pas de la Rosière ?
– Je ne vous ai pas dit qu'il est mort depuis longtemps ? C'était avant-guerre, je crois, oui c'est ça. À cette époque, Madame Bussière s'est absentée un certain temps. Tout le monde a été surpris de ne pas la voir pendant des jours au village. Du fermier qui s'occupait de tout à la Rosière, pas moyen de savoir quoi que ce soit, le vieux Léon, c'était une tombe quand il s'agissait de parler du manoir. Et puis un matin, on l'a vue traverser le village de son pas ferme et rapide, toute de noir vêtue. Elle se rendait au presbytère. Le lendemain, une affichette annonçait le décès du jeune baron et une messe était dite le surlendemain à sa mémoire. Tout le village était là pour présenter ses condoléances à Madame Bussière. Elle était égale à elle-même : digne, attentive aux mots de chacun tout en étant distante, une vraie châtelaine ! Seules ses mains crispées sur ses bras trahissaient l'émotion qui devait

l'agiter à l'intérieur. Cette histoire a alimenté les cancans du village pour des mois !
– Pourquoi donc ?
– Vous vous rendez compte, un Bussière enterré ailleurs que dans le caveau familial ! Pour sûr qu'il n'a pas dû mourir en bon chrétien pour qu'elle ne fasse pas rapatrier le corps à Combe-aux-Bois. Tout le monde savait qu'il menait la grande vie à Paris, enfin « la grande vie » c'est une jolie expression pour dire mauvaise vie ! Mais jamais personne n'a fait la moindre allusion à Madame, elle n'aurait pas permis. Vous savez, elle a du poids ici, personne n'oserait la contredire ou aller à l'encontre d'une de ses décisions. C'est que c'est quelqu'un ! Une maîtresse-femme. Je suis certaine que c'est pour ça qu'elle ne s'est jamais mariée, elle ne pouvait pas être l'épouse de M. Chose ou Machin, elle devait rester « la Baronne ». Pourtant elle était belle femme, elle avait de la classe, même son petit nom a de la classe : Adélaïde.
Par la suite elle a recommencé à sortir. Elle a continué à voir du monde, certainement du beau monde. Toutes les fins de semaine, elle partait, à la ville ou peut-être bien à Paris où

elle avait dû garder des relations, mais ce qu'elle y faisait, c'était pas mes oignons, ni ceux de la Bernadette ou des vieux croûtons qui sont vissés sur les chaises du café le « Bon coin ». Mais ça en a fait jaser plus d'un pendant longtemps. Maintenant... vu son âge, y a plus grand-chose à en dire. Aujourd'hui encore, tous les samedis, elle commande un taxi, et elle part, malgré son grand âge. Elle continue sa vie comme elle l'entend, sans prêter attention à aucun d'entre nous. Parfois je me dis qu'elle ne nous voit même pas, si on n'existait pas, ça ne changerait rien pour elle.

– Moi j'ai du mal à croire qu'elle a une vie en dehors de cette bâtisse. C'est comme un fantôme. Elle est présente même quand on ne la voit pas, et quand on la voit, on a le sentiment de saisir une image : celle d'une châtelaine déjà morte. Je n'arrive pas à déceler ce qui fait qu'elle est là sans exister.

– Antoine, c'est peut-être la vieillesse qui veut ça, il vient certainement un temps où ce monde ne représente plus grand intérêt, surtout quand on est seul et sans but dans la vie. Moi par exemple, je suis seule, mais j'ai encore à faire, ici dans ce village, je fais vivre cette auberge.

– Moi je ne crois pas que c'est une question d'âge, je suis prêt à parier qu'elle est comme ça depuis toujours.
– Non, je vous assure que je l'ai connue bien plus vivante. Lorsque j'ai fait le service sous ses ordres, elle avait une présence incroyable. Elle parlait peu pendant le repas, mais lorsqu'elle lâchait une parole, un commentaire, c'était tranchant comme la lame, les autres se taisaient et l'écoutaient. Son frère se mettait à rire aux éclats et lui disait qu'elle était la plus forte. Je ne comprenais pas tout de leurs échanges, mais ces deux-là aimaient à s'affronter à mots couverts. Je crois bien que les femmes qui étaient là étaient un peu comme jalouses d'elle. Je ne sais pas pourquoi, parce qu'elles n'avaient rien à lui envier question tenues et parures, elles brillaient de toute part. Pourtant, elles avaient un je-ne-sais-quoi de terne à côté d'elle, comme des beaux objets en toc, vous voyez ce que je veux dire.
– Oui, je comprends.
– Eh ! mais vous bâillez ! J'espère que ce n'est pas moi qui vous assomme !
– Absolument pas, mais je crois que j'ai vraiment faim.

– Doux Jésus, je parle, je parle et je n'ai pas servi. Je cours mettre le couvert, mais je ne pourrai pas vous tenir compagnie ce soir, je chante à la chorale de l'église et nous avons répétition pour les chants de la Toussaint. C'est pas gai les Requiem, mais qu'est-ce que c'est beau ! Ça me tire toujours les larmes. Je vous laisse les plats au chaud sur le coin de la cuisinière, vous vous servirez. Et ne m'attendez pas, je rentrerai tard.
Elle me surprendra toujours, elle me parle comme à quelqu'un de la famille. Il ne me serait pas venu à l'esprit de l'attendre. J'avoue qu'un repas en solitaire n'est pas pour me déplaire. Elle est un brin étouffante Dame Angèle, un peu comme une mère trop attentionnée !

Après avoir fait une petite toilette, je me suis allongé sur le lit dans l'attente d'entendre la porte d'entrée se refermer. J'ai laissé vagabonder mes pensées en scrutant mon carré de ciel mauve par la fenêtre. Le temps ici glisse sans qu'on s'en aperçoive, ou plutôt il semble ne pas avoir prise sur la vie, les choses se déroulent comme une pièce de théâtre

qui se jouerait depuis des années devant le même auditoire. Les tableaux se succèdent les uns après les autres et leur juxtaposition a quelque chose à voir avec ce qu'on appelle « le temps ».
Les moments que je passe ici avec Angèle n'en font pas partie, c'est une sorte d'entracte, ensuite chacun retourne à son rôle, même Angèle. Moi, je ne sais pas très bien ce que je fais dans cette pièce, je ne connais pas mon rôle, je ne crois pas y être à ma place, si tant est que j'en aie une ! J'en viens parfois à oublier que je ne suis là que pour quelque temps, que d'autres cieux m'attendent, et je ne sais pas pourquoi.

9

Ce matin, il fait un froid cinglant. Une bise insidieuse qui pénètre toutes les épaisseurs souffle depuis hier au soir. J'ai fait un petit feu de branchettes dans un baril et je viens de temps en temps y réchauffer mes doigts gourds malgré les gants.
– Éteignez ce feu ridicule ! Venez à l'intérieur faire une pause.
Nous y voilà ! Depuis quelques jours, elle a toujours une bonne raison pour venir me parler dans le parc et engager la conversation. Je savais qu'elle finirait par me faire entrer dans la zone interdite.
– Voulez-vous un thé ou un café ?
– Du thé, s'il vous plaît.
Je m'arrête ostensiblement dans l'entrée, la pièce n'est pas chauffée, mais c'est déjà mieux que dehors.
– La cuisine est au fond à gauche, suivez-moi.

Une douce chaleur s'échappe de la pièce lorsqu'elle ouvre la porte. Je reste debout à regarder le parc derrière les rideaux de la fenêtre. Voilà donc les coulisses d'où elle m'observe quand elle n'est pas dans son fauteuil dans le salon.

– Asseyez-vous donc, pourquoi restez-vous debout ?

Je m'assois à la table et attends qu'elle parle. Je sens bien qu'il me faut faire le plus petit possible si je veux revenir dans la place. Elle boit à petites gorgées en regardant elle aussi dehors.

– Vous plaisez-vous à l'auberge ? J'ai ouï dire qu'Angèle vous fait travailler.

– Oui, c'est parfait et je paie mon logement par ces petits travaux.

Je m'attendais à tout, mais pas à ce qu'elle s'inquiétât de mon séjour à l'auberge.

– Parfait, parfait.

Elle tient sa tasse du bout des doigts, la soucoupe posée sur l'autre main. Moi, j'ai abandonné la soucoupe sur la table et tiens ma tasse à deux mains pour réchauffer mes doigts. Je me sens gauche. Elle a les pommettes hautes et un visage anguleux. Elle a dû être belle autrefois. Ses mains sont longues, on devine la trame bleutée de ses veines sous la peau diaphane. Elles sont certainement froides. C'est toute sa personne qui a un côté glaçant, ou plus précisément, à cet instant, elle dégage une sorte de condescendance aimable, qui appartient à celles et ceux dont la condition fait que rien ne peut jamais les atteindre.

– Les gens d'ici peuvent sembler parfois un peu revêches, c'est la rudesse de leur vie qui les rend ainsi. Toutefois, ils peuvent devenir très bavards, la gnole délie parfois un peu trop les langues.

Elle se tait de nouveau et boit son thé le regard perdu au-delà des carreaux. Elle suit le cours de sa pensée, car quelques instants après, elle continue comme si elle ne s'était pas interrompue.

– Angèle est une personne pleine de bon sens. C'est une femme forte, comme ces modestes murets de pierres sèches qui protègent nos champs.

– Vous la connaissez ?

Elle ne répond pas, se lève et se dirige près de la fenêtre.

– L'hiver sera froid.

Sans s'occuper de moi ni même m'écouter,

elle parle. Puis brusquement, se tourne vers moi.

– Quand comptez-vous repartir Antoine ?

– Lorsque les travaux ici et à l'auberge seront terminés, selon le temps que cela prendra.

– Croyez-vous ?

– Ben oui, puisque je n'ai pas d'autres contraintes !

– Bon, bon, nous verrons ça plus tard.

Elle se tourne à nouveau vers le parc. Son profil se découpe sur le feuillage jaune du tilleul. De petites rides à la commissure de ses lèvres soulignent ce qui pourrait être un sourire. Je ne l'ai jamais vue esquisser ce mouvement particulier des lèvres et des yeux.

– Allez, mon petit Antoine, il est temps de vous remettre à la tâche.

Je pose brusquement ma tasse sur la soucoupe et sors rapidement sans un mot. Je ne supporte pas lorsqu'elle prend ce ton vieille noblesse pour me donner des ordres, elle n'est pas plus baronne que moi archevêque ! Je me défoule à coups de hache sur le bois que je dois débiter. Au bout d'une demi-heure, j'arrive à l'oublier complètement et mon travail terminé, je m'en vais sans un regard vers la fenêtre. Aujourd'hui, je ne ferai pas mon habituel petit signe de la tête qui signale mon départ, le rideau ne bronchera pas.

Lorsque je partais travailler, ma mère se mettait toujours à la fenêtre et même si je ne levais pas la tête, je faisais toujours un signe de la main, une sorte de salut militaire. J'avais repris ce signe de connivence à mon père, lorsqu'il n'avait plus franchi le pas de la porte pour se rendre à l'usine. J'avais pris le relais. J'étais devenu l'homme de la maison, celui qui ramenait la paye. Donc tout naturellement, ma mère avait reporté sur ma personne les petites attentions qu'elle réservait autrefois à mon père. J'avais droit aussi au compte-rendu des agissements de mes frères et sœurs, qui fort heureusement avaient grandi eux aussi. Je crois bien que maman aurait bien aimé que je les sermonne, mais je n'avais pas l'âme d'un père Fouettard et je leur fichais la paix. Ils avaient bien assez des grognements continuels de mon père qui assénait sa morale à quatre sous du fond de son fauteuil.

J'avais droit aussi aux parts les plus copieuses, aux chaussettes réchauffées au-dessus du poêle, au petit salut du matin et à l'attente du soir derrière les rideaux. Je crois que ma mère avait très peur que je ne prenne le chemin du bistro comme le paternel. Ce régime-là a duré plusieurs années, le temps que les frères et sœurs aient les uns un job, les autres un fiancé prêt à pourvoir à leurs besoins. Pendant ce temps-là, mon père s'était un peu plus tassé vu qu'il refusait d'être sorti sur son fauteuil roulant. Aucun de ses collègues n'était parvenu à le tirer de son trou, ne serait-ce que pour une escapade au bar. Il avait bien des réserves un peu partout dans la maison, mais je crois qu'il n'y touchait même plus. Son seul plaisir restait de tirer sur la cigarette, enfoncé dans son fauteuil devant la fenêtre de sa chambre, jusqu'à ce qu'il soit noyé dans un nuage de fumée âcre. Alors ma mère, afin d'aérer, le poussait dans la salle à manger qu'il s'appliquait aussitôt à enfumer. C'était le seul moyen qu'il avait trouvé de se suicider. Ce fut long.

Je me souviendrai toujours de son regard le jour où je lui ai dit que je ne voulais pas finir comme lui à l'usine. Je ne sais pas pourquoi je lui ai dit cela. Il n'y avait pas plus de raisons de lui dire précisément ce jour-là plutôt qu'un autre. J'ai attendu encore deux années avant de laisser tomber ce travail de merde. Mais je lui avais dit ça, sans même le regarder. Comme si on parlait de choses et d'autres alors que nous ne parlions jamais en mangeant. Il avait levé lentement les yeux de son assiette, la cuillère en suspens. Il avait ouvert la bouche et j'avais attendu une parole, une injure, mais il avait simplement avancé la cuillère jusqu'à sa bouche et avait aspiré à grand bruit le liquide chaud. Il avait rebaissé la tête, regardant le fond de son assiette jusqu'à ce qu'elle soit vide. Je n'avais pas pu dire un mot de plus, je n'avais pas pu lui dire que depuis que je travaillais à sa place, je passais une bonne partie de mes nuits à dessiner, que quand il n'y avait plus rien, il me restait mon crayon. Pourquoi lui dire que je croquais des vies de papier et d'encre, que j'étalais les couleurs sur la feuille comme la terre au tamis ? Pourquoi lui dire que ce peu était plus grand que le plein de mes jours chargés de graisse et de sueur ? Les journées, je les traversais le plus vite possible, n'espérant que la nuit pour être enfin moi, pour ne pas ébrécher mes rêves. Lui, avait choisi d'être là, pas moi. Lui non plus n'avait jamais rien dit de sa vie. Plutôt mourir que dire l'échec, plutôt étouffer que laisser échapper un soupir de lassitude, plutôt s'enivrer que cracher sur sa vie, tel était mon père. Il en est mort. Il n'avait pas accompli une tâche, il s'était battu contre elle. C'était une guerre, sa guerre pour rester droit et vivant, peut-être aussi pour croire qu'il avait été heureux. « Travailler est une chance », disait-il. Il ne nous avait jamais rien dit des cadences, des accidents, un pouce, une main et parfois même les deux broyés sous une presse. Le bruit, ravageur, destructeur, qui l'avait rendu sourd, de cela non plus on ne parlait jamais, ma mère se postait du bon côté, car il entendait un peu mieux d'une oreille. Il n'avait jamais voulu convenir de cette infirmité grandissante et n'avait donc jamais envisagé que cela pouvait être une maladie professionnelle. Il ne fallait jamais faillir. Ma mère avait toujours dit de lui qu'il était une force de la nature et une force de la nature ne devient pas sourde.

Tel était mon père, et pas plus ce jour-là qu'un autre, je n'avais pu lui dire qu'un jour je serais peintre, que c'était ça et rien d'autre que je voulais faire de ma vie, que l'usine, la maison, eux, ce n'était qu'en attendant. Je n'ai rien dit.
Son regard, je m'en souviens, encore et toujours. Ce regard savait. Ce regard, encore aujourd'hui, me fait mal.

10

Des nuages légers tentent de s'accrocher au clocher de l'église. Ils glissent jusque sur les toits des maisons. La fumée grise des cheminées salit le blanc de leur coton. L'air est lourd d'humidité et la chaleur de mon souffle est saisie dès qu'elle franchit mes lèvres.
Je ne sais pas ce que la Baronne a prévu pour moi, mais je préférerais travailler à l'intérieur. Je me verrais bien dans la remise, bien qu'elle soit passablement froide, le froid du vide, de l'absence de vie entre ses murs.

Elle est sur le perron, ses épaules enserrées d'un châle, une étole que je vois pour la première fois, impression cachemire très belle. Jusque-là, je ne l'avais vue que dans des tons de gris, noir, parfois bleu, mais jamais de fantaisie.
Je la salue et m'apprête à me diriger vers le tas de bois lorsqu'elle m'interpelle.
– Je n'étais pas certaine de vous voir ce matin,

le temps est bien menaçant pour travailler dehors. Depuis l'aube, les nuages hésitent à répandre leur eau. De toute façon, il y a toujours à faire. Vous pourriez raboter la porte de l'appentis, elle ferme mal, de même pour celle de la cuisine.

– Comme vous voudrez, mais je doute fort qu'il se mette à pleuvoir ce matin, les oiseaux se sont remis à chanter.

– Depuis quand les gens de la ville s'y connaissent-ils en météo et en oiseaux ?

J'aurais mieux fait de me taire au lieu de faire le malin, elle allait me renvoyer à mon tas de bois dans le parc et ce serait bien fait pour ma pomme, mais je ne peux pas m'empêcher de continuer à lui répondre.

– Ceux qui s'y connaissent sont ceux qui s'y intéressent et il n'y en a pas beaucoup qui prêtent attention aux oiseaux. Il y a une colonie de Troglodytes mignons dans le parc, ainsi que des Mésanges bleues. Vous entendez leurs petits cris aigus ? Ce « tsi-tsi » suivi par moments d'un trille ? Elles vivent dans le lierre du mur d'enceinte.

– Bien sûr que je sais qu'il y a chez moi des Mésanges bleues ! Vous ne m'apprenez rien, je les observe chaque jour, suspendues à l'extrémité des petites branches, la tête en bas, elles picorent les insectes et les parasites le long des tiges. Mais ce ne sont pas les seules mésanges ici.

– Oui, il y a aussi des Mésanges charbonnières et on ne peut pas les confondre avec les autres avec leur petit ventre jaune, leurs ailes bleu-gris et leur petite cravate noire sous le menton. Elles sautillent au sol, d'ailleurs, elles commencent à s'habituer à moi et sont de plus en plus présentes même quand je travaille.

– Où donc avez-vous appris ce genre de choses ? Les oiseaux n'ont pas leur placc en ville !

– N'exagérons pas, il y a tout de même quelques rescapés dans les squares ! Mais c'est surtout dans les livres que j'ai appris à connaître les oiseaux, ensuite seulement j'ai essayé de vérifier ce que j'avais découvert en observant les spécimens de la cour de mon école où il y avait deux gros platanes, ou bien dans les fourrés du terrain vague derrière chez nous.

– Voilà qui est étonnant ! Les jeunes garçons ne sont en général pas très attentifs à ce genre de choses. Ici, ils ne s'intéressent aux oiseaux que pour les viser de leur lance-pierre.

– Chez moi, cette passion s'est déclarée assez tôt, mais c'est vers dix ans qu'elle a pris toute son ampleur, comme une maladie qu'on incube longtemps jusqu'au jour où elle vous neutralise complètement !

J'ai commencé à lâcher ma bande de copains pour des escapades à la bibliothèque, je leur cachais bien sûr l'objet de mes disparitions matinales. L'après-midi, je réapparaissais pour nos expéditions au parc ou au terrain vague et je ne perdais rien ainsi de ma réputation de casse-cou et de chef de bande.

Le matin, je faisais connaissance avec un monde autre, pourtant j'avais l'impression de renouer avec quelque chose qui m'appartenait, je me sentais chez moi. Personne ne pouvait m'empêcher de pénétrer dans les livres, plus rien n'existait, seulement ce qui m'attendait à chaque page. Au début, je furetais dans les rayonnages et j'ouvrais au hasard des livres sur n'importe quel sujet, je m'attardais sur les images, mais je ne savais pas par où commencer, j'entassais donc sur

une table mon butin et je feuilletais. Au bout de quelques visites, la bibliothécaire est venue me voir et m'a expliqué que soit je devais lui rendre les livres que je sortais des rayons ou bien les remettre moi-même là où je les avais pris. Le rouge aux joues et l'air mauvais, j'avais bien dû lui dire que je ne me rappelais pas où je les avais pris. Ce jour-là, elle m'a proposé de faire le tour de tous les rayons pour m'expliquer où se trouvait ce qui m'intéressait.
Cette dame si sympathique m'intimidait. Je n'arrivais pas à faire des phrases de plus de trois mots. Elle me parlait comme à un adulte, comme si elle conversait avec n'importe qui, mais je n'arrivais pas à croire que c'était avec moi, le petit avorton teigneux comme me désignait parfois mon père.
Elle avait levé le mystère du rangement des livres et je pouvais me faufiler entre les étagères comme dans mon terrain de jeu. Sur une petite table un peu retirée près d'une fenêtre, j'étalais ma pêche du jeudi matin : des livres sur les oiseaux, avec des gravures ou des photos. J'avais avec moi un petit cahier de dessin que j'avais chapardé à l'école,

et tous les crayons de couleur que j'avais pu trouver à la maison. Je dessinais. C'était ma deuxième passion après les oiseaux. J'étais assez bon, et je reproduisais très bien les oiseaux des planches des livres. Je coloriais aussi, tard le soir à la maison quand tout le monde dormait. Sous chaque dessin, je notais une légende : les caractéristiques de l'oiseau, ses habitudes, tout ce qui pouvait me servir pour les reconnaître par la suite. Petit à petit, j'ai élargi mon centre d'intérêt à d'autres domaines, la bibliothécaire y était pour beaucoup, elle avait toujours quelque chose de fantastique disait-elle, et elle voulait avoir mon avis. Je mordais à l'hameçon à tous les coups. Progressivement, une sorte de connivence s'était installée entre elle et moi. J'étais plutôt fier de nos conversations, alors je lisais. Surtout le soir en cachette avec une lampe électrique, pour que mes parents ne s'en aperçoivent pas. Pour eux, les livres ne servaient à rien sinon à embrouiller la tête aux enfants.

Voilà comment à dix ans j'ai décidé que dessiner serait mon métier.

J'ai toujours plusieurs cahiers de dessins de

cette époque, ils sont dans mon sac, bien rangés. Je trimbale avec moi un peu de mon enfance.
– Voilà qui est étonnant Antoine, suivez-moi.

Je réalise tout à coup que je viens de parler de moi comme je ne le fais jamais ! Et comme en aucun cas je n'aurais voulu le faire avec elle, je m'en veux. Voilà que je lui ai révélé des trucs intimes alors que je ne voulais donner à cette femme aucune prise sur moi.
Elle me conduit là où je n'aurais jamais dû entrer : la bibliothèque. Elle aussi se laisse aller. Je n'aurais prétendument jamais dû entrer dans la maison, et j'avais déjà vu la cuisine et maintenant le lieu où elle s'enfermait tous les jours !
– Comme vous pouvez le constater, mon père, lui, n'avait aucune aversion envers les livres, bien au contraire ; par contre, il détestait être dérangé quand il était dans cette pièce, je n'avais donc pas le droit d'y entrer. J'étais une fillette obéissante et j'attendais que ma mère s'absente, mon père étant la plupart du temps à l'étude à Château-Saint-Sauveur, je pouvais donner libre cours à ma

curiosité, ma complice étant la gouvernante qui fermait les yeux sur mes incursions.

Sur deux murs, la pièce est habillée de rayonnages remplis de livres reliés, le tout derrière des vitrines. Le troisième mur est tapissé jusqu'au plafond d'étagères tout aussi chargées de livres. Une échelle en bois est accrochée à mi-hauteur à une barre métallique pour permettre d'atteindre la partie la plus haute du meuble.
– Ils sont tous classés par sujets. Les vitrines, ce sont des livres de droit et de philosophie, géographie, récits de voyages – mon père qui n'a jamais bougé de cette région adorait les récits de voyage, il avait lu Maupassant, Loti, Chateaubriand, Stevenson, enfin tout ce qui existait de récits littéraires de voyages. Par contre, vous ne trouverez ici aucun récit de fiction, il détestait le roman et encore plus la poésie. Côté sans vitrine, les livres sur la science, l'astronomie, la géologie et les animaux. C'est là que je trouvais mon bonheur. Je ne savais pas dessiner, mais je recopiais tous les renseignements que je trouvais sur les oiseaux et les plantes dans des cahiers

d'école. Mon père refusait que j'aille à l'école, un précepteur venait m'enseigner trois jours par semaine. C'était du temps où l'étude notariale était florissante et où mes parents menaient grand train de vie. Je connaissais peu d'enfants hormis ceux qui venaient avec leurs parents en visite ; je n'avais aucun cousinage ; je jouais parfois avec les enfants du métayer, mais cela ne plaisait pas à mon père. J'étais donc une petite fille solitaire et j'avais besoin de m'inventer des passions.
Pour la première fois, un sourire se dessine sur sa bouche mince et éclaire ses yeux.
– Voilà, nous avons la même passion des oiseaux, mais pour des raisons bien différentes. Aujourd'hui encore, je peux passer des heures à les observer dans le parc ou derrière ma fenêtre lorsqu'il fait trop froid. Je surveille la nidification au printemps, les couvées, j'ai l'œil sur mon chat qui fait bien des dégâts et me ramène des oiseaux morts en trophée sur le perron ; je lui pardonne parce que c'est mon plus fidèle compagnon.

Lucifer semble avoir deviné que c'est de lui que parle la Baronne, il vient se frotter contre les jambes de sa maîtresse et s'étale de tout son long sur le tapis persan, en propriétaire des lieux. Lui aussi m'épie, j'en suis certain, il apparaît toujours comme par magie, c'est une vraie panthère.

– Bon, assez bavardé, le temps s'est bien éclairci, mais laissez un peu le travail du parc, rabotez les portes dont je vous ai parlé. Ne perdez pas de temps, la journée est déjà bien avancée.
Elle exagère, elle ne va quand même pas me reprocher de l'avoir écoutée !
– Antoine !
– Oui ?
– Vous pouvez revenir consulter mes livres, il y a des planches magnifiques dans les gros volumes de la première étagère, si toutefois Angèle vous en laisse le loisir.
– Peut-être, je verrais.

Je n'arrive pas à me sentir tout fait à l'aise avec elle. Elle a quelque chose de déconcertant, aussi bien dans le fait qu'elle se soit laissée aller à me faire des confidences, que dans son abandon lorsqu'elle est assise devant sa fenêtre, ou bien dans son extrême rigidité et son air hautain lorsqu'elle m'interpelle. À aucun moment je ne la sens vraiment présente, je veux dire totalement elle-même. Si je devais faire son portrait, ce ne serait que par touches successives, je ne pourrais vraiment traduire cette multiplicité qui la caractérise.

11

Passé le seuil de l'auberge, des bruits de voix s'échappent de la cuisine, la voix familière d'Angèle, mais aussi une autre voix, haut perchée évoquant un grincement, ou une pie qui jacasse. De petits éclats de rire ponctuent la conversation. À travers la vitre opaque de la porte, j'aperçois une silhouette qui trahit l'identité de la visiteuse.
Si tu ne vas pas à Bernadette, Bernadette viendra à toi !
Ça m'étonnait qu'elle ne soit pas venue plus tôt aux nouvelles ! Chaque jour, derrière ses rideaux, elle attend que je passe. Elle est au courant de mes allées et venues, elle connaît mes horaires mieux que moi ! Hier, la boulangère m'a dit qu'on me fait commencer bien tôt le matin et je ne pense pas que sa source d'information soit Angèle puisqu'elles ne sont pas en très bons termes. La Bernadette doit être passée par là !
Je retiens la porte pour qu'elle ne claque pas

comme à l'accoutumée. J'avance à pas feutrés et tente une échappée vers l'escalier.
– Antoine ! C'est vous ?
Putain de marche qui couine !
– Oui, oui, je vais faire un peu de toilette.
– Attendez que je vous présente à ma voisine qui est venue voir l'avancement des travaux.
Bernadette trottine jusqu'au bas des escaliers.
– Vous avez fait des merveilles, un vrai travail de professionnel !
– Rien d'extraordinaire.
– Si, si je vous assure, si vous faites aussi bien au manoir, la Baronne doit être contente.
Je suppose qu'elle attend que je dise ce que je fais là-bas ! Donc Angèle ne lui a rien raconté de mes activités et je me contente d'un laconique :
– Je fais de mon mieux. Excusez-moi je vais me doucher.
Bernadette, visiblement déçue, dit qu'elle doit s'en aller, car elle a à faire et comme personne ne fait rien pour la retenir, elle se retire à reculons comme pour ne pas perdre une miette de ce qui pourrait se passer ou être dit.
– Eh bien, heureusement que vous êtes arrivé sinon elle n'aurait plus décollé. Et avec ses

blabla pour ne rien dire je n'ai pas terminé mon souper, moi !
– Je vais ressortir un moment avant le repas.
– Comme vous voudrez, mais couvrez-vous.
Voilà qu'elle se remet à jouer les mères poules. Je l'entends marmonner : « C'est une maladie de toujours vouloir marcher ! À quoi ça l'avance ! Enfin, ça lui passera quand il aura des rhumatismes comme moi. »
Je monte prendre une douche, enfiler un chandail et file aussitôt.

12

Les jours glissent imperceptiblement vers l'hiver et le soleil, pris de remords, diffuse une lumière aux reflets de miel. Je me gorge de ces instants. Des oiseaux tiennent conseil sur les fils électriques. Les feuillages, qui n'étaient que rougeoiements voilà quelques jours, virent au roux, la forêt infuse sa dernière tisane avant d'entrer en dormance.
Ce village n'est pas un cul-de-sac comme Angèle se plaît à le dire. C'est une porte. Derrière, s'offre à moi la Nature. Jusque-là je marchais, je traversais sans pénétrer, je n'étais qu'un passant. Ici, partout où mon pas se pose, dans chaque regard, je suis présent, je m'invite sans rien m'approprier et je suis accueilli. La nature ne rejette rien et ne demande rien, impossible de jouer les imposteurs, ce serait se trahir soi. J'oublie jusqu'à mes pensées pour n'être qu'un élément parmi les autres et au fil de mes pas, je dessine un paysage qui est le mien. Nous pourrions être

dix à fouler les mêmes sentiers et nous en parlerions tous différemment. Ce paysage et mon paysage intérieur ne font qu'un. J'observe et c'est en moi que je regarde.
Au seuil de cet espace de liberté, rassemblé dans ce petit village, il y a le monde entier, manichéen, tiraillé entre ses mesquineries et son humanité, ses guéguerres et sa pugnacité à maintenir la vie là où d'autres pensent, vide, mort. Un monde de casiers et d'étiquettes. Chaque chose à sa place. Il ne faut pas se louper de casier ! Et surtout ne pas bousculer l'édifice sinon les casiers risquent de s'effondrer, et alors, on saurait vite trouver un coupable !
Dans cette société bien ordonnée, on me tolère en attendant que je fasse demi-tour, ou bien il faudrait que j'adopte un autre langage, celui qu'ils voudraient entendre, inventer un personnage et ce n'est pas ce que je cherche. Je ne serai jamais des leurs.
Angèle, dans sa simplicité de vivre, a su déjouer les pièges, elle utilise les cases et y promène sa bonne humeur. Avec son indifférence, la Baronne a su se mettre hors de l'échiquier et vit selon ses propres normes, son statut lui permet de s'extraire.

Chacune a sa manière, elles m'ont accepté tel que je suis, et non tel qu'il faudrait que je sois.

Le cri d'un corbeau qui remue ses ailes dans ma poitrine m'arrache à mes réflexions. Le soir étire son pas comme un chat fatigué d'être à l'affût. Plus que jamais, je ne sais à quelle terre j'appartiens, je n'ai peut-être aucune place à prendre, pas plus ici qu'ailleurs. Je crois bien que je ne vis qu'en cet espace imaginaire que je trace à coups de crayon. Je dessine. Je ne sais pas si je serai un jour ce qu'on appelle un artiste. Je sais croquer un oiseau, un paysage, mais j'ai peur de ne pas suffisamment libérer le monde de chimères enfoui en moi pour jouer avec les couleurs, l'ombre et la lumière. Je voudrais brasser le feu, la terre au creux des couleurs, mais souvent, je n'étale que poussière et cendre. Je ne sais pas toujours ce qui va surgir au bout de mon crayon, mais j'essaie d'être en totale présence, en complet abandon dans le geste qu'inscrit ma main. Il suffit de tellement peu pour que disparaisse l'instant infime saisi quand le trait ne trouve pas sa place juste.

Un trait en appelle d'autres, ils semblent se frayer une voie qui leur appartient. Dessiner, c'est déposer une trace, comme des cailloux qui bordent un chemin et le rendent unique, et sur lequel peuvent résonner les pas de chacun en écho aux miens.
Lorsque je marche, c'est la même énergie qui m'habite, m'obligeant à me dépouiller afin de percevoir autrement la relation au monde. S'affranchir de ce que l'on croit être, voir et savoir. Se laisser porter comme la feuille qui se détache de la branche, s'appuie sur l'air et suit un parcours improbable, mais qui la conduit là où elle doit aller. Être à la fois l'air et la feuille. C'est l'expérience qui importe et non le but puisqu'on ne sait pas où on va. À chaque avancée, on se révèle un peu plus à soi-même.

Je ne sais pas très bien pourquoi j'ai parlé de tout cela à Madame de Bussière, je m'étais dit que je ne me laisserais plus entraîner dans cette zone intime et sensible et pourtant je me suis laissé aller. Une fois encore j'ai parlé de moi, de mon père, de ce qui nous séparait et nous liait tout à la fois. Et ce faisant, il me

semblait naturel de lui en parler alors qu'habituellement je ne me sens pas très à l'aise avec elle. Pourquoi cette complicité alors que tout nous sépare ? Peut-être simplement parce qu'elle laisse glisser son regard sur moi sans chercher à savoir. Elle est une oreille. Elle écoute et ne juge rien, ne cherche pas à me donner de réponses. Elle m'écoute et je ne sais pas pourquoi elle le fait. Son avis sur ce que je suis m'est égal, je peux donc parler, me dire à voix haute ce que je ne me suis jamais dit. Elle rebondit parfois sur ce qui fait écho en elle : les oiseaux, la forêt.
Lui apporter mon carnet de dessins me semblait évident, le feuilleter avec elle aussi. Ni mon père ni ma mère n'en ont connu l'existence. Nous étalons nos croquis, comparons nos dessins, seul compte le plaisir de partager. Pour la première fois, j'ai entendu rire la Baronne, elle se moquait d'un de mes dessins, une huppe. Elle s'est précipitée dans la bibliothèque pour me ramener un de ses carnets de croquis.
– Ça, c'est de la huppe ! Et je n'avais que dix ans lorsque je l'ai dessinée.
J'avais face à moi une enfant fière de son dessin.

– Lorsque j'étais petite fille, le bassin était toujours plein, les oiseaux venaient s'y abreuver. J'avais aussi installé des récipients de terre un peu partout dans le parc où ils venaient s'ébrouer. Je les cachais dans les endroits les plus retirés, mais mon père a fini par les découvrir et a tout vidé. Ce genre d'activité lui semblait ridicule. Ma mère, elle, comprenait ma passion. Lorsqu'il partait, elle me laissait vagabonder dans le parc, elle m'accompagnait parfois et se réjouissait avec moi à regarder mes petits compagnons virevolter autour de nous. Elle essayait de m'expliquer que mon père était un homme sérieux, qu'il avait beaucoup de préoccupations dues à sa lourde charge de travail à l'étude, mais je suis certaine qu'elle aussi aurait bien aimé qu'il fût plus attentif à ce qui nous touchait, elle et moi. Le jour où elle a disparu, ma vie d'enfant s'est arrêtée. Je suis devenue la « petite mère » pour mon frère Julien. C'était ce que mon père attendait de moi. Il m'arrivait encore d'étaler mes carnets de croquis lorsqu'il s'absentait, mais ce n'était plus avec la même joie que lorsque je pouvais les montrer à ma mère. Plus tard, j'ai cru que je pourrais partager cette passion avec mon frère, mais rien des petites choses de la nature ne l'intéressait. Il préférait courir, grimper, viser les mésanges ou les merles au lance-pierre comme les gamins d'aujourd'hui, il prenait même un malin plaisir à me ramener leurs petits corps disloqués. Je lui pardonnais bien sûr, il s'ennuyait. J'étais trop grande pour partager ses jeux, alors il s'échappait pour battre la campagne avec les enfants de Léon, notre métayer. Mon père l'a plus d'une fois vertement tancé pour ses escapades, et moi encore plus pour n'avoir pas su le retenir. Il ne supportait pas l'insoumission, mon frère a très vite compris qu'il suffisait de demander sa bénédiction, mon père ne lui refusait rien dès lors que c'était lui qui décidait. Il a changé plusieurs fois de gouvernante, les trouvant toutes trop permissives, alors qu'elles n'autorisaient rien de plus que ce que lui-même aurait laissé faire. Il croyait régenter la vie de mon petit frère et c'est Julien qui menait la danse avec un air de candeur irrésistible.

Moi, je continuais à observer les oiseaux, je leur parlais aussi. Je leur disais tous mes chagrins de fillette.

Mais je m'égare, tout ceci est bien lointain Antoine.
– Les oiseaux sont toujours là ! Ils sont même très nombreux dans le parc.
– D'une certaine façon, le fait d'avoir laissé l'endroit à l'abandon leur a permis d'en prendre un peu plus possession, il y a avantage à toutes choses, voyez-vous.

13

Une bande de corbeaux coiffe le haut des arbres et se balance au vent mauvais. Même les fortes rafales ne semblent pas pouvoir les décrocher de leurs perchoirs. De temps à autre, l'un d'entre eux se laisse soulever par une bourrasque et balaie le gris du ciel, toutes ailes ouvertes pour se replier un peu plus bas dans le vallon. Il y a quelque chose de rebelle en cet oiseau, qui me plaît. Ce ne sont ni des Corneilles noires, ni les Grands corbeaux, mais des Corbeaux freux. L'automne les rassemble en troupes et, à la tombée du jour, ils se retrouvent en « dortoirs » à la cime des arbres. Cet oiseau décrié de tous a pourtant belle allure dans sa robe de nuit. On a voulu nous faire croire que les corbeaux ne sont que des charognards vaniteux, pas très intelligents de surcroît. La Fontaine, avec sa fable, a bien contribué à sa réputation. Je préfère la légende de la mythologie nordique qui a choisi pour eux une mission plus noble : les Dieux du Nord avaient désigné deux d'entre eux comme messagers, Hugin, la réflexion, et Munin, la mémoire. Ils parcouraient les mondes de l'aube jusqu'au soir, puis venaient se percher sur chacune des épaules de leur roi Odin pour lui rendre compte, au creux de l'oreille, de tout ce qu'ils avaient vu et entendu de triste ou de joyeux. Cette tâche sied mieux à l'allure de conquérant mystérieux du corbeau.

Je vois venir une autre sorte de volatiles qu'on pourrait apparenter au corbeau pour son plumage. La soutane du curé se dirige vers moi. Il marque légèrement le pas et me salue d'un petit hochement de tête. Peut-être souhaitait-il entamer une conversation avec une brebis égarée… ! Je ne lui en laisse pas le temps, mon bref « bonsoir », tandis que j'accélère le pas, ne laisse aucune place à la conversation.

– Je vous ai vu éviter le curé ! Ce n'est pas bien ça !
– Angèle, je n'ai aucune sympathie pour les grenouilles de bénitier ni pour ceux qui se déguisent en corbeau, ils essaient de les

imiter, mais n'atteindront jamais leur belle allure ! Chez les vrais volatiles, la noblesse est naturelle !

– Et bien dites donc, j'espère que le Bon Dieu est occupé ailleurs et ne vous entend pas !

– Il a effectivement autre chose à faire s'il existe !

– On est de mauvaise humeur ?

– Pas du tout. Ce curé a seulement failli gâcher la fin d'une belle balade et c'eût été dommage.

– C'est une mauvaise comparaison.

– Quoi donc ?

– Le curé et le corbeau. Les corbeaux vont toujours en bande, le curé lui est tout seul, il ne reconstitue sa bande que le dimanche à la messe !

Angèle éclate de rire en s'essuyant les mains sur son tablier fleuri.

– Vous ne lui répéterez pas, ça mettrait à mal ma réputation de dévote. Drôle d'idée de se promener à la tombée du jour !

– C'est un moment que j'aime, je serais même resté plus longtemps si ce n'était que vous m'attendiez pour le repas. J'aime marcher tout en guettant l'instant où le jour bascule, où la nuit prend le pas. En réalité c'est impossible à saisir. On parle de point du jour pour l'aurore, mais il y a aussi ce point où commence la nuit. Alors, le bleu ou le gris comme aujourd'hui, vire au sombre sans qu'on sache à quel moment précis s'opère cette magie. Je continue à observer, je cherche ce point de jour et de nuit confondus.

– Chez moi, on dit « entre chien et loup ». C'est clair que, lorsque vous ne pouvez plus distinguer l'un de l'autre, c'est que vous êtes dans l'entre-deux. Quand vous ne voyez plus rien que deux yeux jaunes qui brillent, c'est que c'est la nuit et vous avez intérêt à détaler avant que le loup ne se jette sur vous !

– J'ai vaguement l'impression que vous vous moquez de moi…

– Jamais ! Moi je n'aime pas la tombée du jour ou de la nuit, on sait pas ce qui tombe. Après le coucher de soleil, s'installent les couleurs du doute et je crois que je préfère encore les profondeurs du noir de la nuit, même si c'est la couleur de la solitude, au moins on sait à quoi s'en tenir !

Antoine, vous êtes tout de même un peu bizarre. Vous recherchez un moment qui n'existe pas, vous aimez être seul alors que ceux de votre âge ne cherchent que bruit, musique et foule. Vous errez sur les routes alors que vous devriez avoir un travail et peut-être même une femme (pour les enfants, vous auriez encore le temps), vous ne savez pas où vous allez, je ne sais pas d'où vous venez...

– Ah, Angèle, quel savoir-faire pour en venir où vous voulez ! En fait vous voulez juste savoir d'où je viens ?

– Faites au moins semblant de ne pas vous en rendre compte !

– Rassurez-vous, je n'ai rien de répréhensible à cacher. Je n'y peux rien si je ne suis pas comme la majorité de ceux de mon âge ! Et à vrai dire, je ne sais pas très bien ce que je suis. Je cherche encore. Je vous l'ai dit, j'ai décidé d'aller chercher ailleurs, peut-être m'y trouverai-je. Quant aux filles, jusque-là, elles n'ont pas réussi à m'apprivoiser, encore moins à m'aider à me trouver, elles sont passées dans ma vie. Mais je ne désespère pas non plus de ce côté-là !

– Je ne vais pas vous dire « de mon temps », mais quand même, il me semble que les

choses étaient plus simples alors. On se torturait moins l'esprit, peut-être qu'on n'avait pas trop le loisir de se creuser la tête, le travail laissait peu de place au reste. Pourtant vous ne rechignez pas non plus à la tâche. J'aimerais bien comprendre ce qui se passe dans votre tête, peut-être que je pourrais vous aider moi. Parce qu'Antoine, il faut pas vous gâcher, je crois que vous êtes un type bien, ça peut pas durer de toujours chercher sans savoir ce qu'on cherche ! Alors ?
– Alors quoi ?
– Ben, parlez-moi un peu d'avant. De vos parents. Vous avez encore vos parents ?
– Mon père est mort. Ma mère vivote dans une maison de retraite, ou de santé, je crois. Elle n'a plus tout à fait sa tête et ne me reconnaît pas lorsque je vais la voir. Mes frères et sœurs essaient de faire leur vie, l'essaim s'est dispersé un peu partout, seule ma dernière sœur vit encore dans cette ville. La savoir proche de ma mère me déculpabilise un peu, j'ai moins le sentiment de l'abandonner, même si cela ne veut plus dire grand-chose pour elle. Coïncidence, mon père est enterré tout près de là où se trouve ma mère. Il y a

quelque chose de cynique dans le fait d'avoir bâti cette maison médicale à deux pas du cimetière, le mouroir juste avant le cimetière, pas besoin de transport !

– Moi, j'ai déjà ma place toute prête à côté de Fortuné. Vous avez vu notre petit cimetière derrière l'église ? Un bijou de cimetière ! À l'ombre de deux grands chênes et, tout autour, le long du muret de pierres sèches, la bonne du curé a semé, au fil des ans, toutes sortes de fleurs : marguerites, cosmos, pieds d'alouette, dahlias… au printemps c'est une féerie de couleurs. Il n'est pas triste, ce cimetière est paisible, ça rend la perspective un peu moins difficile !

– Mon père avait demandé à être mis en terre, pas de caveau. Il avait acheté une concession, la seule parcelle qu'il ait acquise. Peut-être une manière de renouer avec la terre. C'est le jour de son décès que j'ai appris que nous avions encore de la famille dans cette région du fin fond de la France où il était né. Pour nous les enfants, tous étaient morts, plus de grands-parents, pas d'oncle ni de tante. C'était comme ça, il ne nous était pas venu à l'idée de poser des questions, et si

on en avait posé un jour il avait dû les balayer d'un geste sans réplique. La lignée familiale, pour nous, ça ne voulait rien dire. Pour ce qui est de ma mère, je savais qu'elle était orpheline et avait été placée comme fille de ferme dans le village de mon père qui l'avait épousée dès qu'elle en avait eu l'âge. Donc de ce côté, rien à savoir.
Le jour du décès de mon père, ma mère hébétée ne savait plus ce qu'il y avait lieu de faire ou non. Lui parti, tout s'effondrait. Elle qui avait toujours tout régenté dans sa maison, ne semblait plus rien contrôler, alors, elle s'en est remise à nous, ses enfants, enfin surtout à moi, l'aîné. Elle a extrait du buffet une feuille de papier jauni pliée en quatre et l'a déposée sur la table. D'une voix blanche, elle a dit qu'il fallait écrire à l'adresse inscrite sur la feuille pour dire que mon père était mort. Sur le papier, même nom de famille avec Justin pour prénom et une adresse. Impossible de lui en faire dire plus, elle déversait un torrent de larmes et refusait de parler à tous ceux qui se présentaient à la maison. Les collègues de mon père, anciens de l'usine, chasseurs, piliers de bar, défilaient un à un, casquette sur

le ventre devant le corps de mon père, frappés de stupeur que l'un d'entre eux les ait lâchés, même si la faucheuse avait déjà posé sa main sur son épaule depuis cette attaque qui l'avait cueilli deux années auparavant.
Le soir venu, lorsque ma mère et moi nous nous sommes retrouvés seuls devant cet homme allongé sur le lit, elle m'a dit sans me regarder :
– L'homme de l'adresse, Justin, c'est ton grand-père, le père de ton père. Je crois que je dois te le dire maintenant que la mort l'a emmené. Ton grand-père avait renié ton père, il lui avait dit de ne jamais remettre les pieds sur ses terres s'il s'en allait. Ton père est parti quand même et n'est pas revenu sur sa décision, il était bien trop fier, trop fier pour s'avouer qu'il s'était trompé, trop fier pour soulager sa conscience.

J'ai fait parler ma mère ce soir de veillée mortuaire, elle s'est déchargée sur moi de ce stupide secret et pour finir m'a demandé de ne pas en parler à mes frères et sœurs. C'est comme ça disait-elle, pas possible de refaire l'histoire.
Mon père avait décidé de gagner sa vie en ville, loin de son village où la vie était dure

et les gains petite monnaie. Son père l'avait laissé partir dans un premier temps. Puis, au terme de cinq années, il lui avait demandé de revenir à la ferme puisque mon père ne faisait pas fortune comme il l'avait naïvement cru et que la tâche devenait trop lourde pour un homme seul et vieillissant. Mon père n'avait pas voulu reconnaître ses désillusions, son échec, il s'était entêté et avait refusé ce travail que lui proposait son vieux. Il voulait être son seul maître. Le grand-père s'était donc définitivement fâché. Ma mère avait essayé en vain de convaincre son mari que la vie au village serait toute aussi bonne et peut-être même meilleure que là où ils étaient, il n'avait pas démordu. Père et fils du même bois, deux têtus et fiers tout autant l'un que l'autre. Mon père n'avait plus jamais voulu évoquer ce point sur la carte, ce village où il était né. Ma mère m'a dit que, les cinq premières années, nous allions chaque été en vacances là-bas. Nous nous entassions tous dans la 2 CV pour un retour triomphal d'un mois au bercail. Je crois que certaines images fugitives s'échappent parfois des strates profondes de l'enfance enfouie et viennent me faire un petit clin d'œil, mais cela reste confus. En fait, les seuls souvenirs clairs que j'ai des vacances de mon enfance, ce sont les colonies sanitaires. C'était pas cher et on débarrassait le plancher tous en même temps, on allait s'entasser dans des dortoirs, mais on respirait le bon air et on rigolait bien. Mes parents restaient tous les deux seuls, dans leur appartement enfin silencieux, à attendre la fin des congés. Mon père faisait quelques gâches, allait un peu plus au bistro, ma mère l'attendait comme toujours.

Après notre conversation, ma mère a toujours refusé de reparler de tout cela. Le passé de son mari défunt était devenu inexistant tout comme son propre passé d'orpheline. Lui, reniant sa famille, la rejoignait dans sa propre histoire sans ancêtres.

J'avais envoyé une lettre pour annoncer le décès de mon père et quelques jours plus tard, l'enveloppe m'était revenue barrée de la mention « RETOUR À L'ENVOYEUR ». J'avais donc décidé de ne pas en parler à mes frères et sœurs puisque je venais de recevoir un ultime refus.

– Antoine, vous n'êtes jamais allé là-bas ?

– Non. Je ne suis pas certain d'avoir envie de porter l'histoire de mon père.
– Que vous le vouliez ou non, c'est ce qui se passe puisque ça vous a poussé au mensonge par omission.
– Je n'ai pas envie de me compliquer un peu plus la vie. Je ne sais pas où je vais, alors...
– Vous faites comme vous voulez, mais si je peux me permettre, c'est jamais bon de ne pas savoir d'où on vient. Vous n'êtes pas obligé de reprendre le flambeau de votre père. En tout cas, c'est pas comme ça qu'on tourne la page. Mais n'en parlons plus, je vois que tout ça vous assombrit. Buvez une petite prune, ça vous remettra.
– Merci Angèle. Ne vous inquiétez pas, j'ai fait le deuil de tout ça. Je vais aller lire un peu et dormir.
– Oui, c'est ce qu'on dit. Enfin, dormez bien.
– Demain je ne rentrerai pas manger, je porterai un casse-croûte, je resterai consulter les ouvrages de la bibliothèque de Madame Bussière.
– Hum..., je vais vous préparer ça.

J'ai renié, effacé tout ce qui avait trait à mon enfance. Angèle ne sait pas que c'est la première fois que je parle de cette période. C'est comme un trou noir où j'avais englouti ma vie d'enfant, la famille, mon père cet absent éternel, ma mère et son attention dévorante, mes douleurs et mes joies d'enfant, indissociables. Je suis parti comme si je pouvais ainsi faire page blanche. Je n'ai rien effacé. Ma mère, elle, a réussi à gommer le passé. Elle n'a pas fait de grands discours, n'a rien reproché à personne. Elle a perdu le fil du temps, s'enfonçant dans cette ouate obscure de l'oubli, maniant des paroles qui ne faisaient plus sens ni pour elle ni pour moi, des mots tourbillonnant comme les lucioles attirées par une ampoule puis grillant et tombant en poussière.
Alors qu'elle se noyait dans la mémoire, moi, je perdais mes mots. À vouloir l'aider à rassembler ses pensées, j'en perdais les miennes. C'était comme bâtir un mur avec de mauvaises pierres qui ne trouvent pas leur place. J'étais mort dans une multitude de gestes quotidiens. Il fallait effacer les repères de toujours pour rester droit. Alors,

j'ai fait un pas de côté pour chercher une porte. J'ai choisi de vagabonder. Marcher, secouer mes pas, chercher pierres à mon chemin. Seule la distance que je mettais entre elle et moi pouvait me permettre de poser un regard nouveau sur la vie. Un seul but, mettre un pas devant l'autre, m'égarer, m'enfoncer pour mieux m'employer à trouver le chemin. M'attacher aux détails, ceux que je ne percevais plus : la mousse, le soleil là-haut, deux nuages suspendus qui stagnent dans le vide du bleu hésitant à rejoindre le troupeau moutonneux rassemblé sur le relief, et savoir qu'on est là vivant au cœur de cette autre vie. Enfant, j'écrivais la confiance, je vivais chaque jour comme une conquête. Aujourd'hui, je tente de renouer avec cet état, d'en faire mon credo, de bâtir ainsi ma nature d'homme. Là est toute l'aventure à laquelle je veux m'ouvrir, même si je suis là pour rien, y être pleinement.

Dans cette marche lente et méthodique, les mots veillaient au fond de moi, attendant leur heure pour remonter au jour. Parfois, je me mettais à parler à voix basse, comme pour écouter parler les mots entre eux. Mes premières phrases de ma nouvelle vie c'est aux arbres et aux talus que je les ai lancées. Et puis un jour, j'ai sorti le carnet enfoui dans mon sac et à nouveau j'ai déposé mes dessins sur les feuilles.

J'ai cru faire le choix de l'oubli et plus j'avance, plus le passé se fait présent. Je crois même que je commence à le revisiter. Je me débarrasse petit à petit de cette détestation que je cultivais à l'égard de mon père et de sa condition sociale. Je n'arrive plus à voir en lui celui qui m'empêchait de vivre, d'être moi-même. Depuis peu, j'entrevois mes choix de vie comme étant autre chose que le contre-pied de ce qu'aurait pu faire ou dire mon père. Je ne le juge plus, même si je ne comprends pas. C'est comme si une partie de mon cerveau s'ouvrait, une zone blanche où surgissent des visions, des pensées neuves, dépouillées des boulets du passé.

14

Coups de battants contre le bronze de la cloche, l'horloge de l'église cloue les heures au mur du temps. Je cale mon pas sur son rythme et le maintiens tout au long du trajet jusqu'à la Rosière. Route unique, seule concession au reste du monde pour ce pays de chemins. Ils sont nombreux à partir du village vers les fermes isolées, chemins creux entre les haies, émergeant parfois à hauteur des prés, s'enfonçant dans les bosquets et la forêt. Ils sont souvent boueux en cette saison et parsemés de nids-de-poule. J'ai découvert il y a peu une voie romaine qui pénètre le bois et descend sur l'autre versant. L'empierrement est encore bien conservé par endroits et le creusement pour les roues des charrettes se dessine nettement. La voie se perd parfois entre terre et végétation pour réapparaître un peu plus bas au détour d'un lacet, plongeant vers la vallée. Le village n'est pas un aboutissement comme je l'ai cru, c'est l'organe vital de toute la contrée. La route, belle artère bien lisse, bien entretenue sert plus à le vider de son sang qu'à l'ouvrir au reste du monde. Les chemins oubliés en sont les veines, réseau caché de la vraie vie de ce terroir.

Le gravier de l'allée crisse sous mes semelles. Je vais directement dans mon antre, l'appentis. Les outils exhumés m'attendent, soigneusement rangés, ils ont échappé aux musées des objets perdus dont on a oublié l'usage. Le manche de la serpe porte les traces de l'emplacement des mains qui l'ont maniée. D'autres portent des initiales, celles de Léon le métayer. Ils appellent le respect et même si je ne me sers que de quelques-uns, je les ai tous remis en état. J'ai fixé au mur un plan du parc où je trace au crayon le nom des plants et l'emplacement où je les ai repiqués, je le remettrai à la Baronne avant de partir. Elle n'est jamais entrée dans cet appentis depuis que je travaille, comme si elle avait compris qu'ici est mon territoire. Ce matin, je brûle les feuilles entassées derrière l'ancienne écurie. Le feu tarde à prendre, les feuilles humides du dessus laissent échapper une fumée épaisse, du bout de la fourche je donne des bouffées d'oxygène. Un léger crépitement s'élève dans le silence matinal, les flammes peignent le paysage de touches floues et font vaciller les murs de la bâtisse. Je remue le tas pour attiser le feu. À cet instant, encore plus qu'à l'accoutumée, je ne suis pas seul. Je ne suis pas homme à croire aux esprits, mais je peux affirmer qu'ici plus qu'ailleurs le poids des êtres du passé est perceptible, leur souvenir prend corps et m'accompagne. Point de sensation d'hostilité. Parfois, je cause tout haut et j'ai le sentiment d'être entendu, alors je commente ce que je fais, dis à voix haute mes projets. La Baronne ne peut m'entendre, en tout cas elle fait comme si. Souvent, quand je pense à elle, elle apparaît.

– Bonjour Antoine ! L'odeur de feu m'a signalé votre présence. Il y a quelque chose de nostalgique à regarder les feuilles se consumer. Lorsque j'étais enfant, je venais m'asseoir à proximité des feux que Léon faisait à l'automne, je pouvais rester des heures à regarder les feuilles se tordre et reprendre leur envol sous forme de particules grises.

– J'aurais souhaité rester un peu après mon travail pour feuilleter les ouvrages de la bibliothèque comme vous me l'avez suggéré l'autre jour.
– Vous pouvez, vous pouvez aussi prendre votre déjeuner à la cuisine, vous aurez moins froid. Mais soyez discret, car l'après-midi je fais un brin de sieste. Martine, ma femme de ménage, ne sera pas là cet après-midi, vous pourrez vous installer en toute liberté et lire tranquillement. Lorsque vous aurez terminé, refermez bien la porte, car je ne chauffe pas cette pièce.
– Merci, j'y veillerai.

Je ne croise que rarement Martine la fille de l'ancien métayer. C'est la première fois qu'elle se trouve à la Rosière en même temps que moi. Je la vois s'agiter, secouer le tapis sur la terrasse, ouvrir les volets en grand, manier le balai de coco, traquer les toiles d'araignées. Elle m'a vaguement salué lorsque je suis entré boire un café et je n'ai pas traîné, sensation à nouveau d'être l'intrus. C'est une femme robuste comme la plupart ici, le corps alourdi, les gestes fermes et rapides comme si sa vie dépendait de la précision qu'elle met à exécuter sa tâche. En quelque sorte, cela me dérange de partager cet endroit avec une autre personne du village. Il y a quelque chose de surprenant à voir quelqu'un d'étranger à la maison, comme si cette bâtisse était devenue un territoire commun à la Baronne et moi, un espace hors du monde où se tisse quelque chose de singulier. Je me doutais bien que Madame Bussière n'assumait pas toute seule l'entretien de la Rosière, mais je voulais croire que personne ne pénétrait l'intimité de cette demeure. En fin de matinée, Martine s'éloigne dans l'allée, le pas preste, tenant son cabas serré contre elle comme si la baguette de pain qui dépasse était un bien précieux. Ma patronne mangeant très tôt, je pourrai donc rester seul tout à mon aise à la cuisine.

Mon pain jambon fromage avalé sur le coin de la table, je bois un café chaud laissé à mon intention dans la cafetière au bord de la cuisinière. Je traverse le grand hall et pousse la porte de la bibliothèque. La pièce est réellement froide, je ne m'en étais pas rendu compte lors de ma première visite. Je me dirige directement vers les vitrines contenant les ouvrages de science naturelle. J'en retire un grand format, certainement les planches dont elle m'a parlé, il a été édité en 1820. Son père était certainement collectionneur, car l'ouvrage est de belle qualité, les illustrations en noir et blanc sont d'une précision assez extraordinaire. J'en ouvre un deuxième orné d'une gravure couleur sur la couverture. Une pure merveille ! Des planches tout en couleur, oiseaux exotiques pour la plupart, mais aussi toute une partie sur les oiseaux d'Europe. Je renoue avec la magie de mon enfance quand j'ouvrais un livre enchanteur et que je m'apprêtais à me laisser glisser dans un autre monde.

Je ne sais pas combien de temps je suis resté à tourner les pages. Une lumière feutrée baigne la pièce. Je m'approche de l'alcôve, sorte de boudoir meublé d'un petit bureau placé devant une des deux fenêtres et d'un fauteuil à bascule dans l'angle. Au mur, une nature morte, juste au-dessus d'une méridienne qui inviterait à se délasser si le froid était moins présent. À part ça, peu de fioritures, peu d'objets de décoration dans cette pièce. Mon regard s'arrête sur une feuille posée sur le bureau. Je me penche sans toucher ce que je découvre être une lettre signée de la Baronne et adressée à son frère Julien. L'écriture fine et légèrement penchée a été tracée à la plume. Malgré la crainte que Madame Bussière ne pénètre dans la pièce, je ne peux m'empêcher de parcourir cette écriture régulière.

Mon doux Julien

Vous souvenez-vous de cette cabane que Léon notre métayer vous avait confectionnée ? Je lui ai demandé aujourd'hui d'arracher et brûler les dernières planches. Elles étaient trop chargées de souvenirs, je vous voyais chaque fois que mon regard s'accrochait à ces vestiges cloués dans le platane. Je vous voyais grimpant à l'échelle vous accrochant aux branches. Le seul souvenir de ces images me donnait des angoisses, les mêmes qu'à l'époque où mon sang se figeait dans mes veines tant j'avais peur d'une chute, de trouver votre petit corps fragile écrasé au bas de l'arbre. Chaque jour, je suppliais père de vous interdire l'arbre, mais il n'en démordait pas, il fallait vous laisser jouer. Malgré tout le respect que je dois à notre père, il est bien responsable de ce que vous êtes devenu quand vous n'avez plus été un enfant. Il n'avait jamais admis de ma part, ainsi que des multiples gouvernantes qui se sont occupées de vous, aucune permissivité ou marque de tendresse à votre égard alors que lui cédait à tout. Aucun interdit, aucune réprimande de sa part, il vous passait tous vos caprices sous prétexte que vous étiez le souvenir le plus vivant de votre mère, notre mère, morte en couches. Moi, je ne représentais rien, j'étais une fille, et je ne ressemblais pas à notre mère, je n'avais pas ses traits délicats, c'est vous qui en étiez le vivant portrait. Il était trop tard, il ne vous avait pas inculqué ce qu'il fallait en temps voulu. Malgré ma vigilance, je n'ai pu pallier son laisser-aller. Il n'a jamais rien dit, mais lorsque sur son lit de mort il m'a ordonné de continuer à veiller sur vous, de vous protéger malgré vous, je savais bien

qu'il devait en son for intérieur se maudire de tant de laxisme à votre égard. Je lui en ai voulu toute ma vie, il m'a abandonnée à ma tâche.
Je veillerai sur vous, toujours.
Tendrement à vous

Adélaïde

Ce vouvoiement à l'égard de son frère qu'elle semble aimer d'un amour débordant paraît surprenant. Je retrouve bien là l'aristocrate d'une autre époque !
C'est étonnant qu'elle ait laissé cette lettre bien en vue, puisqu'elle savait que j'allais venir. Elle ne devait pas imaginer que je ne résisterais pas à la tentation de la lire. J'ai cependant la sensation que cette lettre était là pour que je la lise. Je ne me sens pas très à l'aise et je n'ai plus envie de consulter d'autres ouvrages. Je remets rapidement lettre et livres en place, et me glisse furtivement dehors afin de ne pas croiser la Baronne.

15

Depuis plus d'un mois maintenant, je m'arrête tous les matins au « Bon coin » boire un café. Je commence tout juste à me fondre dans le cadre, à boire mon jus sans sentir les paires d'yeux accrochées au moindre de mes mouvements. J'ai droit aussi au bonjour des habitués. Ce lieu est un domaine réservé aux hommes, une sorte de confrérie avec, pour officiant, le patron qui essuie toujours avec application un verre, à croire que c'est une posture permanente. Les voix forment un ronron sonore, une sorte de galimatias ne signifiant rien pour moi. Leur patois local m'est relativement hermétique même si je parviens à leur extorquer un terme par-ci par-là, rien qui ne fasse vraiment sens. Alors j'écoute. J'ai pour moi la musique, un mélange de chuintements, de voyelles enroulées dans des r sans fin, quelques gutturales qui s'accrochent à mon oreille, une langue à l'image de ce pays, herbe tendre

et caillasse. Une musique qui sonne juste et se révèle entre initiés. J'apprends en les écoutant à effacer la terreur qui m'envahissait lorsque ma mère sombrait dans un discours incompréhensible, mélange de sons, de mots en vrac. L'entendre était au-dessus de mes forces. Je voulais donner sens à ce qui n'était que musique, ramages d'oiseau esseulé. Je tentais d'y coller des images, d'y raccrocher du concret, du patent. J'essayais de mendier quelque chose de sa réalité alors que j'aurais dû humblement entendre sa musique. Ceux d'ici ne s'expriment en français que lorsqu'ils veulent se faire entendre de moi ou des jeunes qui traînent là parfois. Leur monde possède une langue et la mienne est étrangère. Mon père avait-il une langue de son terroir ? Une autre musique au creux de l'oreille interne ? Certainement. Je ne saurai jamais si l'effacer définitivement a été pour lui aussi terrible qu'une amputation. Je veux le croire. Pour moi, il reste comme un manque tout au fond de mon oreille.
Je m'installe derrière la vitre et regarde vivre la place. Une vie réglée comme le papier à musique d'un orgue de barbarie, toujours

identique. Tous les jours, tout recommence par l'arrivée du livreur de lait à l'épicerie d'en face. Deux fois par semaine, le boucher est approvisionné en viande fraîche et sanguinolente transportée par une robe de moine courbée sous les carcasses. Je n'ai jamais pu voir un visage sous cette blouse, et je pense qu'il n'y en a pas ! Puis viennent les bigotes matinales juste avant les quelques enfants mis au car de ramassage ; la cour de l'école ne connaît plus que l'agitation des mauvaises herbes. On sent là les prémisses d'une mort annoncée malgré ce qu'en dit Angèle.

– Il n'y a plus assez d'élèves et ils ont fermé l'école. Alors les gens s'agitent, balaient le pas de leur porte, traversent la place trois fois par jour pour aller acheter le pain, puis le tabac et je ne sais quoi d'autre. Les rythmes et les habitudes, c'est ça aussi qui maintient la vie ! C'est une façon de dire ça continue quand même. D'accord, on fait un peu semblant, mais c'est notre manière de déjouer le mauvais sort ! Et soyez bien content qu'on vous ait adopté au café, parce que c'est comme une douane, quand vous y êtes bien accueilli, c'est que vous êtes déjà un peu d'ici.

– Je constate simplement que la vie ici n'est plus vraiment la vie, je le regrette tout autant que vous.
– Vous arrivez, sac au dos et vous voudriez qu'on vous accueille bras ouverts. Réfléchissez un peu. Ils ne comprennent pas trop ce que vous faites ici. Vous cherchez du travail là où leurs propres enfants refusent de rester. C'est suspect, vous comprenez. Votre demande touche où ça fait mal, vous concrétisez ce qu'ils essaient péniblement de se cacher. Chacun veut croire que les enfants vont revenir. Le travail est plus dur sans eux, mais c'est en attendant, et ils préfèrent suer sang et eau en faisant tout eux-mêmes plutôt que d'embaucher un étranger. Vous êtes l'image de leur plaie. Que vous travaillez pour la Baronne ou pour moi les rassure, nous sommes deux femmes seules, sans enfants, et ils peuvent admettre votre présence, votre intrusion, mais en ce qui les concerne ce serait admettre l'échec de leur vie : le départ de leurs enfants, et ils ne peuvent franchir ce pas. Vous avez sous vos yeux les traces de votre propre histoire ou plutôt, celle de vos père et grand-père.

– Ne vous fâchez pas Angèle, il n'y a aucune méchanceté de ma part, juste un constat. Vous avez certainement raison, j'ai senti moins d'hostilité à compter du moment où j'ai dit que je travaillais à la Rosière et à l'auberge. Pourtant, ils n'ont rien à craindre, je ne veux prendre la place de personne, je ne sais pas où est ma place ni même si j'en trouverai une un jour ! J'aime bien cet endroit, mais je sais que je ne suis que de passage.
– Mais, dites-moi, il est pas bon mon café du matin que vous vous arrêtez au « Bon coin » ? Elle a dit ça en arc-boutant ses sourcils, les poings plantés sur ses hanches et tapotant du bout du pied le sol de la cuisine.
– Angèle, le petit-déjeuner est parfait, mais moi aussi j'ai mes petites habitudes. J'ai toujours aimé m'installer dans les bars et observer la vie à travers les carreaux, ça permet de prendre du recul. Je faisais déjà de même dans mon quartier. Je me levais tôt même les jours de repos, j'allais prendre mon café dans un bar du quartier. Cela m'évitait d'avoir ma mère qui me tournait autour et d'entendre mon père ronchonner dans sa chambre.
– Je ne vous tourne pas autour, moi !

– Mais non Angèle ! Simplement, j'aime me retrouver dans ces lieux anonymes ou presque. Je me fonds dans le décor et j'observe, j'engrange des impressions, des sensations, j'enregistre les bruits, je glane des odeurs. Les cafés sont des miroirs où se reflète la vie et toutes les composantes des relations humaines s'y rassemblent. Tout est là, dans ce microcosme, réplique du vaste monde, et j'aime ça.
– Vous jouez un peu les voyeurs alors ?
– Je préfère le terme de spectateur. Je me mets en retrait, je me fais tout petit. Une même scène peut susciter des impressions très différentes, tout dépend du regard posé. Il en va de même avec les êtres qui nous entourent, ce n'est pas eux qui changent, mais le regard qu'on leur porte. Lorsque je suis assis dans ce bar, mon regard balaie la réalité de ce lieu, les voix des hommes au comptoir, les va-et-vient de la rue derrière la vitre, mais simultanément un film intérieur se déroule, comme le négatif de ce que capte mon œil.
– Oh, voilà qui est bien compliqué, je suis sûre que c'est elle qui vous met toutes ces balivernes dans la tête ! Vous lisez trop de

livres, vous n'avez pas assez les pieds sur terre. Elle ferait mieux de vous laisser travailler que de vous faire la conversation ! Du temps du père, on n'aurait pas vu ce genre de choses, les maîtres bavassant avec les ouvriers !

– Mais Angèle, nous parlons souvent nous aussi et cela n'empêche pas mon chantier d'avancer !

– Ah, mais ce n'est pas pareil ! Nous sommes du même monde. Vous n'êtes pas du sien, même si elle vous a montré ses livres ! Ce n'est pas parce que vous lisez tout le temps et que vous gribouillez je ne sais quoi sur des cahiers que vous êtes de leur monde !

– Angèle, il ne s'agit pas de cela, et à vrai dire je n'en ai rien à faire de votre hiérarchie à dix balles ! Les révolutions sont passées par chez nous depuis longtemps et on n'est plus au temps du servage !

– Vous croyez ça ? Vous êtes bien naïf !

– Je crois surtout que vous êtes jalouse du temps que je passe là-bas et vous préféreriez que nous le passions à discuter ici ! Je me trompe ?

– Oh, mais ça suffit ! Allez vous remettre au travail !

J'ai peut-être été un peu vif avec elle, elle a tourné vivement les talons en secouant son torchon, ce qui ne dit rien qui vaille. Je risque d'avoir un repas bâclé ce soir !

16

Décembre avale les jours et l'hiver s'installe définitivement sur le village du bout du monde. La neige se fait attendre, mais le froid est de plus en plus de la partie et cela ne facilite guère mon travail dans le parc. Je n'ai toujours pas réparé le bassin, j'ai encore du bois à couper, des arbustes à tailler et Madame Bussière m'a demandé de restaurer le portail en fer. De quoi rester ici jusqu'au printemps.
Des mésanges volettent de branche en branche, mais leurs chants se sont tus, il semble que les oiseaux mettent toute leur énergie à picorer, grappiller par-ci par-là ce que j'ai mis à jour en bêchant. Mon plus fidèle compagnon est un rouge-gorge, il gonfle son plumage et semble doubler de volume sous le froid. Il progresse par petits sauts sur ses petites pattes pas plus grosses que deux aiguilles. Notre intimité va grandissante et je

ne serais pas étonné qu'il vienne se percher sur mes bottes si je m'immobilisais. Le froid abolit la distance qui existe entre les hommes et les animaux, une sorte de trêve s'installe quand le givre fige les herbes. Le seul à ne pas être au courant de ce temps de relâche est ce futé de Lucifer, bien que, ces derniers temps, il opte plutôt pour les genoux de sa maîtresse et observe son terrain de chasse de derrière la vitre.

Quelques claquements d'ailes vers le haut des arbres annoncent sa venue, il s'installe près des rondins de bois pour une toilette inutile et fallacieuse, l'air tout à son affaire, alors que son œil est à l'affût derrière ses paupières mi-closes. D'un pas souple de félin, il s'avance vers moi et m'ignore royalement pour aller à la rencontre de sa maîtresse. La Baronne a la démarche oblique, comme si elle luttait contre un vent permanent. Malgré le froid, elle ne porte qu'un châle croisé et frotte ses bras de petits gestes mécaniques.

– Antoine, pourriez-vous changer une ampoule dans la bibliothèque ? Et puis je vous servirai un café chaud, cela vous stimulera

pour débiter les branches de l'arbre mort.
– Pas de problème, j'y vais tout de suite.
Lucifer nous précède déjà pour rejoindre son poste préféré pour l'hiver : un panier tout contre la cuisinière.
J'ai bien l'impression qu'une fois de plus l'ampoule n'est qu'un prétexte pour engager la conversation. Ma tâche terminée, je ne peux m'empêcher de regarder vers le petit bureau afin de voir si la lettre est toujours là. Il y en a deux. Malgré l'inquiétude qu'elle ne vienne me rejoindre, je lis rapidement.

Mon petit Julien,

J'ai fait un rêve cette nuit, nous étions au jardin, et vous courriez vers le grand bassin, petit être fragile, vos boucles blondes au vent. Le bassin trop profond, le bassin à l'eau noire comme un aimant qui vous attirait, je voyais votre corps délicat penché sur la margelle, vous vouliez les poissons, vous vouliez les toucher. Et moi, étouffée de terreur, ma voix comme un caillot de sang dans la gorge, le corps coulé dans le marbre, je ne pouvais faire un pas. J'aurais voulu courir vous couvrir de mon corps, vous prendre dans mes bras et vous tenir contre ma poitrine, vous bercer sans fin, mon tout-petit, mon amour.

Votre Adélaïde

Je la replie et la dépose à l'emplacement exact où elle était.
Je me penche pour lire la deuxième lettre sans la toucher.

Mon ami, mon frère,

Je suis assise face à votre bureau depuis des heures, je crois, mes yeux accrochés aux vôtres. Vous souvenez-vous des séances de pose que notre père nous imposa pour ce double portrait, vous et moi réunis dans le petit salon des heures à regarder ce peintre venu de Paris pour nous fixer sur la toile ? La photographie était faite pour le peuple, disait notre père, la peinture pour les gens de notre classe. Ce furent des heures de torture pour vous. J'essayais de vous distraire en vous racontant des histoires, mais cela dérangeait ce peintre dont j'ai oublié le nom, il réclamait le silence. Votre regard dit l'impatience, le désir, la fièvre, la vie. Le mien veillait déjà sur vous, j'étais droite, docile à côté du fauteuil où vous tentiez de rester immobile pour l'éternité. Je donnerais ma vie pour retrouver un instant ce regard-là. J'entends votre voix ricocher sur les murs, elle chantonne cette chanson que vous avait apprise la bonne. Vous la chantiez sans cesse au grand dam de notre père qui trouvait ces comptines ridicules. Je la fredonne encore, je n'y parviens qu'entre ces quatre murs, peut-être devrais-je vous la chanter lors d'une visite ? Je ne m'y résoudrai pas, je le sais, j'ai bien trop peur de n'obtenir que le silence en écho. Une brutale émotion me submerge, tout me renvoie à vous, je suis près de toucher à nouveau à ce paradis, mais tout n'est que vacuité. Cette lettre va rejoindre toutes les autres, dans le petit tiroir sous la moleskine, là où vous cachiez vos trouvailles, vos trésors. Elles vous attendent, je vous espère.

Votre dévouée
Adélaïde

J'ai le sentiment que la deuxième lettre a été écrite plus récemment, la texture du papier, la feuille absolument pas jaunie, et pourtant, la teneur du contenu semble dater d'une autre époque, d'un temps où ce frère était encore en vie. Je relis encore. Quelque chose me trouble, mais je n'arrive pas à déceler quoi. J'ai du mal à associer l'auteur des lettres à cette femme froide et hautaine que je côtoie chaque jour. Elle semblait vouer à son frère un amour extraordinaire, sa mort a dû l'anéantir.
Je me précipite à la cuisine de peur qu'elle ne se pose des questions.

– Tout va bien, Antoine ?
– Oui, oui, j'ai remis l'escabeau en place, et l'ampoule est changée.

– J'espère ! Buvez ce café avant qu'il ne soit froid.
– J'ai découvert une petite rivière hier en parcourant le bois au nord du village.
– Oui, il s'agit de la Dourme, elle descend dans la vallée où elle s'élargit un peu, mais ce n'est qu'une petite rivière sans grand intérêt. Cela ne vous ennuie pas de toujours être seul ? Je veux dire quand vous marchez dans les bois.
– Non, pas du tout. Et puis le soir j'ai la conversation d'Angèle, nous parlons de choses et d'autres, du passé, de la vie ici. J'ai appris beaucoup de choses sur ce village. Et vous, la solitude ne vous a jamais pesé ?
– Je pourrais vous dire non, mais ce serait en partie faux, en partie seulement. D'une certaine manière, j'ai fait le choix de la solitude après qu'elle s'est imposée à moi. Un jour, je l'ai faite mienne. Il est vrai que dans la maison vide, j'entends des bruits, je sens des présences, ou je me les invente, peu importe, mais elles m'aident à rester debout. J'entends des rires d'enfants, ils ricochent sur les murs, dans le parc, je les entends en moi. On a tort de croire que les souvenirs sont lettres mortes,

ils vont leurs chemins parmi les vivants et savent balayer les murs du temps.
Je suis seule, mais ne m'en plains pas. De cette société qui m'entoure, rien ne me concerne, il y a comme un voile entre eux et moi et je ne veux plus le franchir.
Autrefois j'ai espéré. Quoi ? Je ne savais pas précisément, j'attendais que ma vie commence, je ne savais pas encore que je n'avais pas de destinée.
– On a toujours une destinée, même si ce n'est pas celle qu'on aurait voulue.
– Ma vie est tout le contraire d'un destin. Elle était sans futur possible dès le départ, aujourd'hui je le sais. La solitude, je m'y suis installée, elle est devenue un art de vivre. Je ne m'intéresse plus aux autres, mais aux vies minuscules. Ma fenêtre est le périmètre du monde et j'observe ceux qui y pénètrent. Les oiseaux en sont les principaux acteurs, ils vivent sous mon regard, indifférents à tout. J'observe leurs amours, leurs parades nuptiales, leurs aller et venues pour bâtir leur nid. À force de brindilles, ils bâtissent leur doux cocon. Rares sont les intrus, je connais mon monde : la Mésange bleue, la Mésange charbonnière,

Sittelle, Pie bavarde et Corbeau criard, et au printemps l'exubérante Hirondelle des cheminées et la Bergeronnette des ruisseaux. Il y a aussi les oiseaux de l'ombre. Ceux-là ne sortent qu'au jour tombé. Les combles de la Rosière sont habités par une Chouette effraie au doux regard.

– Je n'ai jamais pu en observer de près.

– Si vous vous promenez à la nuit tombée, vous l'apercevrez peut-être, bien que la saison soit un peu trop avancée. À la fin de l'été, on la voit planer au-dessus des champs en quête de rongeurs à découvert après les moissons. Son vol fluide, ses battements d'ailes silencieux, sa face et ses pattes blanches évoquent les fantômes, c'est certainement pour cela qu'on la surnomme la Dame blanche. Le soir je l'attends, il est rare qu'elle ne traverse pas le champ de ma fenêtre, elle sait que je suis là. Il n'y a encore pas si longtemps, les paysans les crucifiaient sur la porte des granges, par superstition, ils croyaient ainsi éloigner les esprits.

– Verriez-vous un inconvénient à ce que, samedi, je vienne consulter un peu plus longuement vos livres et planches sur les oiseaux ?

– Aucun. Je serai absente, mais je vais vous remettre la clé de l'entrée, vous me la rendrez lundi. Refermez bien derrière vous, quoiqu'il n'y a pas grand risque, rares sont les maraudeurs dans ce village sans issue. Bien que seule, je n'ai jamais eu peur. Que peut-il donc m'arriver ? J'ai le téléphone et peux avertir les gendarmes ou le maire, et les fermes du voisinage sont tout proche, il suffirait que je crie et on m'entendrait à coup sûr, mais je n'ai pas peur.

– Il vous faut être prudente malgré tout, si vous écoutiez les informations à la radio ou la télévision, vous sauriez que ce genre de choses arrive plus souvent que vous ne pensez.

– Vous avez raison, mais il ne faut pas tout prendre pour argent comptant de ce qu'on nous dit. Que peut-on apprendre dans cette télévision que nous ne savons déjà ? Que tout se passe dans les villes, que nos gouvernants n'ont que faire de notre opinion, que tout ce qui les intéresse c'est d'user de leurs privilèges, que les valeurs de notre société sont chaque jour foulées aux pieds, que des gens fomentent de soi-disant révolutions comme la fameuse de 1968.

– Ça fait près de dix ans maintenant ! Vous en aviez quand même entendu parler ?

– Bien obligé, même la presse écrite ne parlait que de ça, j'ai d'ailleurs arrêté de lire les journaux pendant plus d'une année, mais la moindre personne que je croisais en parlait, même la boulangère avait un avis.
– Et pourquoi n'aurait-elle pu en avoir un ?
– Mais qui voulez-vous donc que son avis intéresse ? Elle croyait faire de la politique en colportant des ragots, des commentaires !
– Moi aussi d'une certaine manière je suis passé à côté de tout ça. Dans mon collège, il n'y a pas eu de grève, j'étais chez les sœurs au Sacré-Cœur, mes parents nous avaient mis dans cette école je ne sais trop pourquoi, peut-être à cause de ma mère, une sorte de garantie pour notre paradis ! 68 n'a pas passé les portes du Sacré-Cœur ! Ni même la porte de chez moi ! Je n'ai jamais su si mon père avait fait grève ni ce qui s'était passé dans son usine, il ne disait rien. Lorsque plus tard j'ai lu sur cette période, j'ai eu le sentiment que cela concernait un autre pays, rien de ce qui s'était passé alors n'avait filtré jusqu'à moi. J'avais continué mon chemin bordé de livres aux oiseaux multicolores, de mauvais coups avec les copains et de punitions pour être trop agité en classe.

– Heureusement, chez nous rien n'a changé, quelques hippies passent parfois dans le village, mais le coin est trop rude pour ces faignants qui se prennent pour des intellectuels. D'ailleurs je vous ai pris pour l'un d'entre eux au début, mais je dois convenir que je me suis trompée, vous ne rechignez pas à la tâche. Mais quelle idée saugrenue que ces velléités de voyages ! Que croyez-vous donc trouver ailleurs ? Les colonies sont un leurre, on vous fait miroiter mille plaisirs, mais c'est du vent, du vent vous dis-je ! Mon petit Julien, vous devriez revenir à des projets plus raisonnables, la propriété a besoin d'un homme et vos désirs sont des enfantillages, j'ai été toujours trop laxiste avec vous, je vous ai passé tous vos caprices, vous ne m'aurez pas encore une fois avec vos câlinages, vos « ma sœur chérie » par ci, « mon Adélaïde adorée » par là, je ne vous céderai plus !
Je la regarde ahuri. Il y a eu comme un dérapage, et je tente de la ramener à la réalité :
– Madame Bussière, Adélaïde, c'est Antoine !
– … Que dites-vous ? … Antoine… ? … Bien sûr Antoine, que faites-vous là à bavasser, il y a encore beaucoup de bois à couper,

allez allez et ensuite rentrez à l'auberge, nous verrons demain ce qu'il y a encore à faire dans ce parc.
– À demain, Madame.

La vieille commence à divaguer, elle me prend pour son frère et perd toute notion du temps. Elle est ailleurs. C'est incroyable cette force de négation du monde ! Elle vit comme au début du siècle. Pour elle, rien n'a changé, tout juste si elle ne traite pas les gens du coin de gueux ! Je ne sais jamais à quoi m'attendre avec elle, elle peut être une vieille dame adorable, fine et intelligente et puis tout à coup elle se transforme en duègne aigrie et autoritaire. Drôle de monde que la bourgeoisie rurale ! Je ne sais pas s'ils sont tous comme elle, mais ça donne encore plus envie de tout lâcher et d'aller voir ailleurs. Si elle savait que je l'appelle la vieille, elle me « bannirait » sur le champ de ses terres ! Bizarrement, elle me hérisse le poil et pourtant elle force le respect. Je ne sais que penser d'elle, en tout cas elle ne laisse pas indifférent.
La lettre parlait d'un portrait et je n'en ai vu aucun au rez-de-chaussée, peut-être est-il à l'étage, dans la zone interdite ?

Et puis j'en ai rien à faire de ces lettres, de ce tableau et de ce qu'elle pense. Elle paye bien et c'est ce dont j'ai besoin, mais elle commence à me chauffer les oreilles à toujours vouloir causer avec moi.

17

Le flic floc de la pluie sur le toit de la véranda m'a réveillé, mais j'hésite à m'extraire des couvertures. Le temps est peu engageant. Pas de promenade en perspective, je n'aime pas beaucoup marcher sous la pluie, rien que le bruit de mes chaussures pataugeant m'agace, sans parler de l'humidité qui pénètre tout ! Après la pluie, passe encore. Les odeurs de terre mouillée, la lumière qui se reflète sur l'eau des choses, ça j'aime ! En fait, je me raconte n'importe quoi, en réalité j'aime battre la campagne par n'importe quel temps ! Mais aujourd'hui je sais que j'irai là-bas. Je ne pense qu'à une chose : aller à la Rosière en l'absence de la Baronne et chercher d'autres lettres. En attendant, je traîne au lit pour éviter les questions et commentaires d'Angèle. Je n'ai presque plus rien à lire et, à la Rosière, il n'y a pas l'ombre d'un ouvrage de littérature à emprunter. Peut-être acceptera-t-elle de me prêter des récits de voyage.

Le ciel s'affaisse sous son poids de nuages. Il déverse ses torrents. Je m'enfonce un peu plus dans le lit chaud... Je n'entends plus le claquement des chaussures d'Angèle sur les dalles. Elle a dû sortir. Je me laisse à nouveau glisser dans un sommeil proche de l'éveil, du genre qui vous laisse croire que vos rêves sont bien réels.
Voilà Angèle qui chante en bas, elle ne sait plus quoi faire pour me réveiller ! Si je ne descends pas, elle va venir jusqu'ici et je préfère l'affronter dans sa cuisine. Depuis notre échange un peu vif, elle me bat froid, il vaut mieux que je montre patte blanche si je veux couler encore des jours paisibles ici avant de repartir.
Et puis, je l'aime bien Angèle ! Je n'ai pas envie qu'elle soit fâchée contre moi.

– Bonjour Angèle. Je suis désolé d'avoir traîné ainsi au lit, mais une immense paresse s'est emparée de moi ce matin. Certainement ce temps pourri.
– Le café est chaud au coin du feu.
– Ne vous inquiétez pas, je m'occupe du reste. Vous avez besoin de quelque chose ?

Des courses ou de petites choses à faire dans la maison ?
– Mais non, c'est samedi et vous ne travaillez pas le samedi, il n'y a aucune raison de changer les habitudes.
Elle bougonne encore un peu, mais gentiment. Je pense que je suis pardonné. Je propose mes services pour éplucher les légumes.
– Ah, Antoine, vous pouvez me tenir compagnie si vous le voulez, mais vous ne touchez pas aux légumes, vous épluchez bien trop gros !
Voilà que nous rions ensemble, la paix est signée.
Je ne lui dis pas que je vais aller à la Rosière, je lui laisse croire que je vais marcher un peu.
– La pluie s'est calmée, mais ce n'est pas fini, je vous le dis. N'allez pas trop loin ! Et puis, ce soir, si le cœur vous en dit, il y a concert à l'église.
– Concert !
– Oui pour l'Avent, la chorale de Saint-Pancrace vient présenter des chants traditionnels et des chants de Noël. Vous devriez venir, le curé chauffe un peu l'église avec des réchauds à alcool et je vous assure que c'est une belle chorale.

– Bon peut-être que je viendrais avec vous. À tout à l'heure.
Un grand sourire éclaire son visage et je crois bien que je me suis déjà trop avancé pour pouvoir reculer ce soir.

C'est d'un pas alerte que je rejoins la Rosière, je ne veux pas perdre de temps même si je sais que Madame Bussière ne revient qu'en fin d'après-midi.

Un volet grince, solitaire. Le temps frissonne. Bien que j'ai la clé en main, je me comporte comme un cambrioleur et je cherche la serrure en toute hâte. Une fois adossé à la porte, je reprends mes esprits et repousse ces angoisses ridicules qui me submergent.
Le moindre bruit déborde le silence. Au salon, l'horloge récite consciencieusement le temps. Suspendu à son écoute, les jambes lourdes, j'hésite un moment. Pourtant, une force me pousse à gravir les marches. Me voilà tout en haut sur le palier du deuxième étage, ma main posée sur la poignée d'une des pièces. J'ouvre, ce n'est qu'un débarras et son comptant de malles et objets fatigués veillant sur le passé.

La chambre aux volets toujours croisés doit se trouver juste après. Je sais que la Baronne ne reviendra pas avant ce soir, mais c'est comme si le poids de son regard réprobateur était posé sur moi et j'hésite à appuyer. Peut-être la chambre est-elle fermée à clé ? Je n'avais pas pensé à cette éventualité. Je presse franchement sur la poignée, la porte s'ouvre sans difficulté. Je retiens ma respiration et la pousse complètement. La pièce est dans la pénombre, un peu de lumière filtre à la croisée des volets. J'avance de trois pas. Mes yeux s'accommodent rapidement du demi-jour et je peux examiner la chambre dans sa totalité. Face à moi, deux grandes fenêtres encadrées de tentures bleu-gris, contre le mur de gauche un grand lit recouvert d'un édredon à petits motifs, au pied, un coffre en bois travaillé. La pièce semble être en sommeil, mais habitée. Point de relent de renfermé, il plane même ici une odeur nette de lavande. Mon pas un peu hésitant me conduit jusqu'à un bureau placé devant l'une des deux fenêtres. Le rai de lumière qui glisse entre les volets me permet de voir les objets déposés sur le dessus : un livre avec un marque-page, une écritoire, un flacon d'encre et un porte-plume, une feuille pliée en quatre, des lettres probablement. Je suis mal à l'aise, pas vraiment parce que j'ai peur d'être surpris, mais parce que je suis en train de violer l'intimité d'un mort. Je suis sur le point de tourner les talons et de refermer cette pièce où je n'aurais jamais dû mettre les pieds lorsque mes yeux rencontrent ceux d'un portrait accroché face au lit. Je suis stupéfait. Je me précipite jusqu'à la fenêtre que j'ouvre en grand, je repousse les volets et me tourne à nouveau vers le tableau. J'ai devant moi le fameux portrait : Adélaïde et Julien réunis, elle, la main posée sur l'épaule de son frère et le regardant, lui me fixant par-delà le temps. Ou plutôt mon reflet ! Moi un peu plus jeune. Je reste interdit, les jambes molles, tétanisé devant ce qui pourrait être mon portrait à douze ans si ce n'était ces vêtements d'un autre âge. Une sorte de panique s'empare de moi et je m'apprête à fuir cette chambre, mais il y a les volets à refermer pour effacer les traces de ma venue ici. Dans ma précipitation, je bute contre le bureau et fais choir la lettre posée dessus. Je me calme et la ramasse. Elle est dans ma main comme une évidence, et les gestes qui vont suivre s'imposent, je la déplie et commence à lire. C'est encore l'écriture de la Baronne et non celle du mort comme je m'y attendais :

Mon cher petit frère,

Les jours ne sont que silence et ennui sans votre présence. Je ne cesse de relire cette dernière lettre où vous me dites de ne plus m'obstiner à vous écrire, que toutes mes lettres ne parviendront jamais à vous ramener à la Rosière. Je ne peux me résoudre à ne plus vous écrire, mes lettres sont ma voix, je vous parle, je ne cesserai donc pas d'écrire, mais seulement de poster mes lettres. Je ne veux pas qu'elles vous importunent et vous incitent ainsi à ne plus venir jusqu'ici. Mon silence va peut-être vous pousser à vous inquiéter de ma personne comme je m'inquiète de la vôtre. Je n'ai que vous, vous êtes ma seule consolation, ma seule joie, et je veux vous garder. Si mon silence en est le prix,

je le paierai. Malgré vos occupations en tous genres, vos plaisirs frivoles, peut-être vous souviendrez-vous de votre sœur, de mon dévouement, mon abnégation à votre égard, mon amour incommensurable.
De grâce, Julien, revenez-moi, abandonnez cette vie de perdition qui vous dégrade. Je puis vous dire cela sans honte ni pudeur puisque vous ne me lirez point.
Je voudrais que ma voix, la force de ma pensée parviennent jusqu'à vous et vous ramène en ces lieux. Peut-être un jour serez-vous à nouveau ma consolation et ma joie.
Je vous attends, je vous espère. Votre sœur aimante,

Adélaïde

Dans la lettre de l'autre jour, elle parlait d'une cache sous la moleskine du bureau, mes doigts tâtonnent un peu avant de parvenir à soulever le dessus du bureau. Elles sont là. Il y a deux boîtes pleines de lettres, pas d'enveloppes. Je sais déjà qu'elles seront toutes de la main de la Baronne. Il s'agit là d'une sorte de journal. Je ne peux m'empêcher de lire même si je me sens très mal à l'aise. Je ne sais pas si je cherche ainsi à mieux la comprendre ou si je suis en train de piller la vie de cette femme. Je ne peux plus faire marche arrière, mes yeux sont aimantés par l'écriture fine et régulière qui court sur les feuillets.

Mon doux Julien,

Je me tiens droite, dos tourné à l'absence pour ne pas me laisser happer par le vide, pour continuer à avancer dans ce qui ressemble à la vie et je vous écris.
Que dire de ces journées qui s'étirent lamentablement ? La « Rosière » sans vous est un désert, je n'ai le cœur à rien, même mon beau jardin m'indiffère totalement, je ne garnis plus les vases du grand salon de fleurs fraîches, mes rosiers s'alourdissent de fleurs fanées, je dépéris avec elles.
Mes seules sorties se résument à la messe du dimanche à laquelle je ne peux échapper

et je dois subir les ronds de jambe des gens du village, les courbettes, le curé toujours en sueur qui me parle de ses œuvres de charité. Je les déteste. Sans vous, tout est insupportable. J'en viens à regretter les soirées que vous organisiez et que pourtant je haïssais en leur temps. Avec vous, c'est la vie qui s'en est allée. La seule pièce bien vivante, c'est votre chambre, je l'aère chaque jour, votre lit est prêt, votre linge est parfumé à l'essence de lavande, votre livre, celui que vous lisiez est ouvert sur votre table. Tout vous espère.
Je vous attends.

Adélaïde

J'en lis trois ou quatre de la même teneur et je décide d'arrêter là, j'ai un peu honte de m'immiscer dans le passé et je les remets en place. J'ai perdu la notion de temps dans cette chambre hors de tout, ma montre m'indique que je ne suis là que depuis vingt minutes. Je me retourne à nouveau vers le portrait, la ressemblance est frappante. À mieux observer,

je me rends compte que les traits de Julien sont plus fins que les miens au même âge, et puis il manque cette cicatrice que j'ai au front, souvenir d'une de mes innombrables bagarres. Il est aussi de corpulence plus frêle que je n'étais, mais ce regard suffit à dire : c'est moi. Pourquoi n'a-t-elle jamais évoqué cette ressemblance ? Pourquoi Angèle ne m'en a jamais rien dit ? Une petite colère monte en moi, je suis un idiot, dis-je à haute voix, tous m'ont pris pour un idiot ! Qui donc dans ce village pouvait ignorer cette ressemblance ? Personne ! Mais qu'est-ce que je fais là, bon sang ! C'est leur histoire, pas la mienne !
Je me précipite vers la porte, la referme violemment et dévale les escaliers jusqu'à l'air libre. Au pas de course, je prends le chemin de la forêt, le seul endroit où je peux réfléchir, replonger en moi-même.
La pluie a déposé un lavis sur le brun des écorces, œuvre d'art née de l'instant, image ancestrale. Un cri d'oiseau fait vibrer l'air. Le temps reprend sa marche.

Je ne sais pas comment aborder cette histoire de portrait et de ressemblance sans trahir mon indiscrétion et pourtant il faut absolument que j'en parle avec Angèle, tout cela est trop troublant. J'avais complètement oublié le spectacle de ce soir, mais Angèle ne m'a pas laissé le temps de trouver un prétexte pour y échapper et je me retrouve assis dans l'église à côté de mon aubergiste fière comme Artaban. Je vois les visages se pencher pour nous regarder et je ne peux m'empêcher de penser au portrait. Est-ce qu'ils me regardent parce que je ressemble au disparu ou bien simplement parce que je suis « l'étranger » ? La Bernadette, bien sûr, ne manque pas de venir me saluer.

On se sent vraiment à l'étroit sur un banc d'église, je ne sais pas pourquoi je me sens coupable de poser mes chaussures sur l'agenouilloir usé, creusé par des centaines d'années de genoux en prière, j'ai tout juste la place de les glisser dessous et me voilà encagé entre le dossier droit qui me scie le dos, pieds bloqués, encadré par deux dévotes imperturbables. Faut-il souffrir pour bien prier ?

Les choristes se mettent en place, mais le récital ne commence toujours pas. Madame

Bussière s'avance dans la nef jusqu'au premier rang où visiblement une chaise lui était réservée puisque toutes les autres sont déjà occupées. Elle a bien de la chance elle, d'être sur une vraie chaise ! J'ai même l'impression qu'ils n'attendaient qu'elle pour démarrer, car aussitôt les voix s'élèvent.
Je dois avouer que ce n'est pas mal du tout, même si ce genre de musique n'est pas ce que j'écouterais par choix, et je ne suis pas mécontent de ne plus être l'objet des regards. Je me laisse porter par les voix et en oublie un temps l'inconfort.
Dès les derniers applaudissements, je dis à Angèle que je suis fatigué et m'échappe le plus vite possible. Un brouhaha surprenant règne dans l'église comme si le chant avait libéré les paroissiens de leur rigueur habituelle, il y a bien quelques fidèles qui font la génuflexion avant de sortir, mais la plupart semblent avoir oublié les usages et papotent à voix haute sous l'œil courroucé de quelques bigotes infaillibles. Le parvis, ainsi animé de nuit, a quelque de chose de surréaliste, comme si une vie insoupçonnée se réveillait à l'insu de tous, comme si chacun, départi

de son rôle habituel se laissait aller à être un autre ou peut-être tout simplement lui-même.

Je me fais une tisane et m'installe près du poêle. Le chuintement de la bouilloire flotte dans la pièce et je me sens bien, mieux en tout cas que dans cette église pleine des gens d'ici et où je ne me sentais pas à ma place.

– Vous êtes un vrai sauvage ! Vous m'avez laissée rentrer toute seule alors qu'on n'y voit goutte dehors ce soir !
– Angèle ! Il n'y a même pas cent mètres de l'église à l'auberge ! Et vu le monde qu'il y avait ce soir, vous ne risquiez pas grand-chose.
– Oui, mais quand même ! J'ai dû rentrer avec Bernadette qui n'a pas cessé de me poser des questions sur vous.
– C'est entre autres ce que je voulais éviter ! J'ai fait comme chez moi et j'ai préparé une tisane, en voulez-vous une tasse ?
– C'est pas de refus, parce que les réchauds ridicules de notre curé ne chauffent pas plus que ses bougies ! Vous avez vu la Baronne ? Quelle femme ! Elle ne rate jamais les chants

de l'Avent, depuis toujours les Bussière sont venus à cette soirée. Ensuite, elle rentre seule, elle n'a peur de rien.
– Autrefois son frère devait l'accompagner.
– En tout cas, moi, je ne l'ai jamais vu à cette veillée de l'Avent, même pas lorsque je suis arrivée au village. Il passait son temps à Paris ou ailleurs.
– Mme Bussière m'a dit que je ressemble à son frère.
– Ça alors ! Elle vous l'a dit ! Moi qui évitais de vous en parler de peur de faire un impair !
– Un impair pourquoi ?
– Ressembler à un mort, c'est pas courant et ça aurait pu vous contrarier, vous seriez peut-être parti. Et puis je me demandais si elle s'en était rendu compte. Elle est particulière, Madame Bussière, on ne sait jamais ce qu'elle pense, ou plutôt on s'en doute, mais elle ne dit jamais rien et on ne lui demande jamais rien.
– Je lui ressemble beaucoup ?
– Oui et non. Mais suffisamment pour qu'elle vous ait embauché. Je suis certaine que, si vous travaillez là-bas, c'est grâce à cette ressemblance, sinon elle n'aurait jamais entrepris

tous ces travaux. Pour quoi faire ? Depuis des années ça lui était égal que la maison se détériore. Alors elle vous l'a dit, je n'en reviens pas !
– Et moi, je n'en reviens pas que vous me l'ayez caché, et je suis même plutôt fâché.
– Ben voyons ! Y a pas de quoi.
– Angèle, vous avez déjà vu le portrait de son frère et elle ?
– Oui, bien sûr, il était dans le hall d'entrée. Mais Elle l'a fait enlever après la mort de son frère, ceux qui l'ont monté dans la chambre me l'ont dit. Elle ne devait plus supporter de le voir chaque jour.
– C'est là que je l'ai vu.
– Elle vous a laissé entrer dans cette chambre !
– Non, j'y suis entré par hasard, je devais changer des ampoules et je me suis trompé de pièce.
– Vous mentez mal ! Je ne vous crois pas. Mais alors vous saviez pour la ressemblance !
– Je ne l'ai découverte qu'aujourd'hui, et il était jeune sur ce tableau, et je ne sais pas si, adulte, cette ressemblance a persisté.
– Ça m'étonnait qu'elle vous l'ait dit !
– Angèle, les gens du village se sont bien aperçus aussi de cette ressemblance !

– Ben oui, sûrement, au moins les plus vieux.
– Et tous on fait comme si de rien n'était.
– Oui, on ne parle pas de ces choses ici. Que vouliez-vous qu'ils fassent, qu'ils lui disent « c'est le portrait craché de feu Monsieur Julien ! » Allons donc ! On ne parle pas de ce qui touche à l'intimité de la Baronne. C'est comme ça.
– Oui, mais vous, vous auriez dû me le dire, c'est certainement aussi une des raisons pour lesquelles ils ne m'ont pas embauché, pour ne pas lui déplaire.
– Ça m'étonnerait ! C'est surtout parce que vous êtes étranger au village, je vous l'ai dit. Allez, ne vous tracassez pas, tout va bien, elle vous a embauché, alors pas la peine de chercher le pourquoi et le comment !
– Je suis donc à sa merci.
– Voilà un bien grand mot ! Vous aviez besoin de travail et la Providence a fait qu'elle a cru voir en vous son frère défunt. Y a pas de mal à ça !
– Sauf que le seul qui n'était pas au courant, c'était moi et que ça ne me plaît pas beaucoup d'être l'image d'un trépassé.
– Il paraît qu'on a tous des sosies ! C'est pas

très important Antoine, l'essentiel c'est que votre présence a ramené un peu de vie dans sa tête. Moi, je suis bien contente de savoir que le parc ressuscite, que cette maison se réveille, on ne vous en demande pas plus.

– Mais je vais repartir Angèle, je ne fais que passer.

– Oui, mais ce qui est fait l'est bel et bien ! Bon, il est plus que l'heure d'aller se coucher, remarquez que comme je ne dors pas beaucoup ça change pas grand-chose que je me couche à plus de minuit, je dormirai autant que les autres jours. Passez une bonne nuit et ne pensez plus à tout ça.

18

La nuit a été agitée de rêves fous entrecoupés d'heures d'insomnie où la perception de ce qui se déroule ici devenait tout à coup d'une grande clarté. Les choses vues et pensées du profond de la nuit sont toujours plus évidentes que celles du grand jour. On voit les gens, les faits, avec une grande acuité que l'on perd aussitôt le jour venu, on est à la fois acteur, observateur, et témoin de ce qui se déroule, vision globale parfaite de la situation. On essaie de faire ensuite avec les bribes de lucidité qui nous restent de cette clairvoyance nocturne.
Ce matin, je n'arrive plus à retrouver ce qui m'a plongé cette nuit dans une sensation de compréhension parfaite de la vie ici, de moi au cœur de cet endroit, il ne reste qu'une grande fatigue d'activité cérébrale nocturne intense.
Il est encore tôt lorsque je pars chez la Baronne, j'ai donc amplement le temps de

m'accorder ma pause matinale au Bon coin. Il y a encore plus matinal que moi, le vieux Gaston est déjà attablé tout près de ma place. J'ai l'impression qu'il m'attendait. Gaston vient une fois par semaine à l'auberge, le dimanche. Angèle m'a dit qu'il est resté vieux garçon et que depuis quinze ans, date où son mari Fortuné a disparu, il vient prendre son repas dominical à l'auberge, c'est la seule fantaisie qu'il s'accorde. Elle le soupçonne d'être amoureux d'elle, mais sait qu'elle peut être tranquille, il ne lui dira jamais rien, peur de perdre sa seule sortie du dimanche si elle le repoussait, ce qu'elle ferait immédiatement s'il osait se déclarer, dit-elle d'un ton un peu trop ferme. Gaston était chaisier dans le temps, mais ils sont peu nombreux ceux qui aujourd'hui font fabriquer leur chaise et il n'a pas trouvé d'apprenti pour ce métier d'un autre temps. Il a dû fermer boutique devant le nouveau maître en matière de meubles, le formica. Il fabrique encore ou répare à la demande, et vit de son jardin dont il vend quelques légumes au marché.

D'ordinaire il est debout devant le comptoir, pas pour discuter avec le patron, car je n'ai

jamais entendu le son de sa voix, mais il y a une sorte de connivence entre eux, un besoin mutuel de présence. L'un essuie ses tasses, l'autre touille longuement son café.
Ce matin, à deux tables de la mienne, il m'observe du coin de l'œil en tournant sa petite cuillère, puis boit à courtes lampées, concentré sur le fond de sa tasse. Il lève enfin les yeux et me fixe sans détour, je ne peux éviter la rencontre de son regard et me sens obligé d'un petit sourire. Il me répond d'un geste muet des mains qui se soulèvent, accompagné d'un hochement de tête et de sourcils, du genre « c'est comme ça la vie », puis plus rien. Il se lève et se dirige vers le comptoir pour ramener sa tasse dans un geste d'excuse pour avoir dérogé à ses habitudes, puis tout est à nouveau dans l'ordre des jours, il demande un petit noir qu'il boit en silence face au patron. Ce dernier, grand homme maigre, est toujours légèrement voûté comme s'il avait pris cette position à force de se pencher vers ses clients. Il porte un minuscule tablier gris dont les lanières sont attachées sous le ventre après avoir fait deux fois le tour de ses hanches. C'est sur ce

tablier qu'il essuie ses mains, un coup pile, un coup face. Le comptoir trône comme un autel toujours prêt pour la célébration : bois ciré, zinc brillant, robinets rutilants. À coups de torchon, il le lustre, le bichonne. Le reste de la salle est composé de chaises bistro d'une couleur indéfinissable et de tables rondes en faux marbre, sauf quatre rectangulaires en bois, réservées aux joueurs de cartes, et qui ne sont jamais utilisées par les autres clients. Notre homme est toujours en bras de chemise, même en ce moment, il faut dire qu'un énorme poêle en fonte et céramique parade au cœur du bistro. Le cafetier le fait ronfler dès six heures du matin, de quoi assoiffer copieusement le client qui s'attarde ! La buée dégoulinante sur les vitres incite à penser que la pluie sévit même les jours de plein soleil. Une véritable étuve ! Il est d'ailleurs temps que je m'arrache à la torpeur ambiante du bar et que je parte à la Rosière, d'autant plus que vient d'entrer un des habitués du matin qui a pour principale fonction de lire aux autres clients les faire-part de décès parus dans le journal du coin.

La bastide est en sommeil. Aucun volet ouvert. C'est bien surprenant puisque Madame Bussière ne s'absente jamais plus d'une journée, le samedi. J'ai toujours la clé que je devais lui restituer ce matin, mais je n'ose pas ouvrir de peur de faire un impair. Je commence à sortir de l'appentis le nécessaire pour gratter, poncer, traiter la rouille du portail. Une fois le tout rassemblé dans une cagette, j'hésite à me rendre à l'entrée d'où je ne verrai pas si la Baronne ouvre les volets. Je toque légèrement à la porte, puis un peu plus fort. N'ayant eu aucune réponse, j'hésite encore quelques secondes puis me décide à glisser la clé dans la serrure. Je tousse en pénétrant dans le hall afin de m'annoncer pour éviter de croiser « la châtelaine » en chemise de nuit. Non c'est ridicule, elle m'a dit être debout chaque jour dès cinq heures, il n'y a aucune raison qu'elle fasse grasse matinée à huit heures sonnées. Dans la cuisine, le plafonnier est éclairé, donc c'est qu'elle est là. Je repousse les volets et m'étonne qu'elle ait laissé mourir le feu dans la cuisinière, un pressentiment bizarre s'installe en moi.

– Madame ! Madame Bussière, c'est Antoine,

je me suis permis d'entrer. Voulez-vous que je garnisse de bois la cuisinière ?
Pas de réponse.
Je renouvelle mes appels deux trois fois tout en parcourant les pièces du rez-de-chaussée. Personne.
Soit elle est absente et alors je ne risque rien à monter à l'étage, soit elle est morte et je ne risque pas non plus de me faire réprimander. Je dis vraiment n'importe quoi, je suis encore en train de me comporter en élève qui a peur de se faire pincer par son institutrice ! Je ne risque rien de toute façon ! Je monte donc au premier étage et ouvre toutes les portes, même son lit n'est pas défait. Je m'enhardis jusqu'au deuxième étage et là je crois entendre un gémissement. Je me précipite dans la chambre de Julien et la trouve recroquevillée au pied du lit les mains crispées sur le couvre-lit.
– Madame Bussière, vous m'entendez ! Adélaïde !
Je ne sais pas si je dois la secouer, la transporter, la déposer sur le lit. Je me calme un peu lorsque je me rends compte qu'elle respire, qu'elle tente de soulever les paupières. Je me mets alors à lui parler, à la rassurer et à

retrouver mes lointaines notions de secourisme pour vérifier qu'elle n'a rien de cassé. Je la soulève et l'allonge sur le lit, elle se met à parler d'une voix affaiblie et enrouée.
– Ne vous affolez pas ainsi, ce n'est pas grave, téléphonez à Angèle, elle appellera mon docteur.
Je pars en courant et m'arrête aussitôt au son de sa voix :
– Vous voulez que je meure de froid ! Couvrez-moi donc !

Bon, elle doit effectivement aller mieux, le naturel revient au galop !
Je remonte auprès d'elle en attendant Angèle et le toubib.
– Mon petit Antoine, il est hors de question que le docteur et Angèle montent ici.
– Je ne vois pas comment on peut éviter ça, Madame Bussière !
– Vous êtes vraiment stupide parfois ! Vous allez me porter jusqu'à ma chambre ! Ce ne sont pas mes quarante-cinq kilos qui devraient vous effrayer !
– Madame Bussière, ce n'est pas sérieux, je n'aurais même pas dû vous soulever dans ce lit.

– Sornettes ! Ce n'est qu'un petit malaise, ça m'est arrivé d'autres fois et si vous ne me portez pas, je vais me lever et descendre toute seule cet étage, et si j'ai un nouveau malaise, vous l'aurez sur la conscience ! Alors, ne perdez plus de temps et exécutez-vous !
Je déteste ce ton et il en faudrait peu pour que je la plante là dans le lit du défunt frère, mais son regard se fait un instant implorant, un regard qui ne s'accorde pas tout à fait avec le ton employé à mon égard. Alors, je la soulève enveloppée dans le couvre-lit et je me rends compte qu'elle ne pèse pas plus que le poids de ses os. Je la descends avec grande précaution jusqu'à sa chambre, la dépose sur le lit et l'aide à se glisser sous les couvertures.
– Maintenant, laissez-moi récupérer un peu, que je sois présentable devant mon vieil ami médecin. Allez allumer les poêles et peut-être même pourriez-vous faire une flambée dans cette cheminée, je ne chauffe jamais ma chambre, mais je crois qu'exceptionnellement, j'apprécierai un petit feu, Antoine.
– D'accord, je vais commencer par votre chambre et ne vous inquiétez pas, le docteur ne va pas tarder.

Je n'ai pas terminé d'activer tous les poêles que j'entends un véhicule rouler dans l'allée. Angèle s'extirpe d'une Déesse noire rutilante comme on n'en voit plus beaucoup de nos jours. Pendant que le médecin monte jusqu'à la chambre, Angèle fulmine.

– Il conduit comme une brute, je ne vous dis pas à quelle vitesse il a roulé jusqu'ici, il a même fait crisser les pneus dans les virages ! Un vieux fou du volant ! J'espère qu'il est meilleur docteur que conducteur.

– Vous ne le connaissez pas ?

– Si, mais je n'ai jamais eu affaire avec lui, il est de Château-Saint-Sauveur et en plus, il est à la retraite !

– À la retraite ! Mais pourquoi n'avez-vous pas appelé un médecin en exercice.

– Parce qu'elle ne l'aurait jamais laissé l'ausculter. Tout le monde sait que seul le vieux docteur est autorisé à soigner Madame, ensuite il fait prescrire par son successeur, mais je ne me serais pas risquée à appeler un autre médecin ou bien les pompiers ! C'est pour ça qu'elle vous a dit de me téléphoner.

Nous patientons tous deux dans la cuisine, Lucifer tourne en rond et émet des miaulements enroués jusqu'à ce qu'Angèle lui donne quelques restes dénichés dans le frigo.
– Le docteur prend son temps ou peut-être que c'est grave.
– Ne vous inquiétez pas Antoine, elle est robuste.
– Elle n'est plus très jeune, et je peux vous dire qu'elle ne pesait pas lourd lorsque je l'ai soulevée pour la mettre sur son lit.
– Les gens secs sont coriaces, c'est bien connu.
Angèle me vante les mérites de ses médications personnelles transmises de génération en génération et m'abreuve de dictons du genre « Ail le soir, oignon le matin, est le malheur du médecin. »
Le docteur descend enfin nous informer de l'état de santé de la Baronne.
– Je crois être parvenu à la convaincre qu'il n'est pas raisonnable de rester seule après une alerte de ce genre. Je vais lui ramener les médicaments nécessaires, mais je veux être certain qu'elle se soignera, donc nous avons pensé vous proposer de rester quelques jours à la Rosière, le temps de voir comment évo-

lue son état. Elle ne veut entendre parler de personne au village, hormis vous deux. Elle souhaiterait donc qu'Angèle vienne s'occuper de ses repas et dorme sous son toit les prochains jours. Y verriez-vous un inconvénient ?

Nous nous regardons, Angèle et moi, et répondons tous les deux en même temps

– Aucun problème.

– Bien sûr, Madame vous dédommagera pour votre aide.

– Ne parlons pas de cela, c'est clair qu'il faut s'occuper d'elle, n'est-ce pas Antoine ?

– Oui, pensez-vous qu'elle soit en danger ?

– Ma patiente est solide, mais son cœur est fatigué et surtout elle est anémiée, il faut l'obliger à se nourrir correctement. Je reviendrai dans quelques jours voir comment évolue son état.

Nous voilà donc promus au rôle de garde-malade. Une fois encore, c'est elle qui a décidé, organisé. Avait-on vraiment le choix ? Je ne crois pas. Comme dit Angèle : « C'est raison que chacun soit maître en sa maison ! » Que dire après ça !

Elle est montée voir la Baronne qui lui a donné ses instructions : elle pourra dormir dans une petite chambre attenante à la sienne et moi je pourrai rentrer dormir à l'auberge. Personne ne doit monter au deuxième étage, Martine continuera à faire le ménage en grand, deux fois par semaine, et s'occupera du linge comme d'habitude, Angèle préparera les repas, s'occupera des poêles et lui tiendra un peu compagnie. Moi, je dois continuer mon travail comme à l'accoutumée, mais je prendrai mes repas avec ces dames.
Angèle s'affaire, elle est allée chercher des provisions au village et s'attelle déjà à confectionner un repas appétissant pour inciter la Baronne à manger. Elle m'a même expédié à mes travaux me disant qu'il ne fallait pas profiter des circonstances pour se la couler douce ! Je vais avoir deux gardes-chiourme sur le dos et je ne sais pas lequel sera le pire !

19

Le vent décoiffe les nuages, les herbes affolées rampent sous les rafales. Le ciel couve une portée de cumulus noirs gorgés d'eau. Angèle m'a certainement préparé un petit-déjeuner copieux à la Rosière, mais je m'arrête malgré tout au Bon coin. On prend très vite des habitudes, sans même s'en apercevoir, je suis à Combe-aux-Bois depuis deux mois et je me suis déjà installé dans cette sorte de rituel qui ouvre chaque journée par une station au café du village.

Gaston entre juste après moi, les bras chargés de houx, et le patron s'exclame :

– Tu t'es encore fait embobiner par le curé !

Gaston grommelle une réponse en détachant quelques branches pour le cafetier. Ce sera certainement la seule décoration de Noël du Bon coin. Puis, il s'approche de ma table et dépose deux bouquets de houx enveloppés dans du papier journal en marmonnant tout bas : « Pour la Baronne et pour l'Angèle. »

J'ai à peine le temps de le remercier, qu'il s'est déjà glissé entre les tables vers la sortie.
– Il ne met jamais les pieds à l'église sauf pour les enterrements, mais depuis toujours il cueille le houx pour décorer l'église à Noël. J'ai toujours droit à deux branches pour mon zinc. Sacré Gaston !
Je suis l'homme des yeux jusqu'au presbytère de l'autre côté de la place. Il a la démarche hachée, la jambe gauche toujours un peu en retard. Angèle dit que, gamin, sa cheville a été prise dans un piège à renards et qu'il doit de ne pas avoir perdu son pied à sa grand-mère rebouteuse. Elle l'aurait soigné avec des cataplasmes d'herbes et d'argile ainsi que des décoctions connues d'elle seule.
Il ne parle pratiquement jamais. D'après Angèle, de vivre seul depuis si longtemps a éteint sa voix et ses phrases, quelques mots font parfois surface, alors il faut être très attentif pour décrypter ses pensées. J'ai aperçu l'homme il y a quelques jours en forêt. J'avais découvert à plusieurs endroits du bois de petits oratoires : un creux de roche, une cavité dans un tronc mort, un tas de pierres sèches formant un abri. À l'intérieur, une statuette ou

une bouteille plastique en forme de vierge de Lourdes, ou tout simplement de jolis cailloux, un petit bouquet de saison avec du houx, du gui. Je pense qu'au printemps, on doit y trouver des bouquets de fleurs. Je sais désormais que c'est lui qui jalonne la forêt de ses prières champêtres.
Il toque à la porte, dépose aussitôt ses brassées sur les marches et s'en retourne avant même que le curé n'ouvre.

Dimanche, il n'a pas manqué à son rituel hebdomadaire, il est venu manger à l'auberge. Angèle l'a installé à la cuisine vu que c'est le chantier dans la salle des repas. Il n'a rompu le silence que pour me saluer brièvement. Courbé sur son assiette, en un geste régulier, il porte la cuillère à sa bouche. Lorsqu'il a terminé, il regarde un point fixe loin devant lui, mais en réalité ses pupilles suivent les allées et venues d'Angèle.

– Comment se porte la Baronne ? me demande à voix basse un client, sur le ton de la confidentialité, mais ils sont plusieurs à tendre l'oreille. Les informations se répandent à grande vitesse ici. Est-ce Angèle qui, enorgueillie de son nouveau statut et du privilège de dormir à la Rosière, a diffusé l'information ? Je pense qu'elle en a plutôt parlé à La Bernadette qui n'a certainement pas tardé à colporter la nouvelle. Les quelques clients matinaux se rapprochent de ma table. Ils me parlent du vieux toubib, se hasardent à faire des commentaires sur la santé de Madame Bussière. Chacun a son mot à dire, chacun sait de quoi il en retourne et tous me disent que c'est très bien, vraiment très bien que je sois là. J'essaie bien de leur expliquer que c'est Angèle qui s'occupe de la Baronne, mais eux insistent : « Une femme seule de son âge, vous comprenez, elle ne se rend pas compte qu'elle n'a plus vingt ans, qu'on est jamais à l'abri... » Me voilà au centre de la conversation, comme si j'étais vraiment d'ici, ils voudraient bien en savoir plus sur le réel état de santé de Madame Bussière, je reste donc laconique tout en semblant leur donner des nouvelles. Ils sont tous prêts à donner un coup de main si besoin est ! Quand je pense qu'aucun n'a voulu m'embaucher, je trouve qu'ils y vont fort !

– *Le vent la nuit, la pluie avant midi !* Toute la nuit, j'ai entendu battre un volet au deuxième étage, je ne suis pas montée puisque j'ai ordre de me cantonner au rez-de-chaussée et au premier.
Angèle a une grande pratique du dicton et se trompe rarement en matière de météo.
– Vous avez droit au petit-déjeuner et ensuite au boulot !
– Comment va la Baronne ?
– Elle a passé une assez bonne nuit, je ne dormais que d'une oreille au cas où, mais je n'ai même pas eu à me lever jusqu'à ce matin. Je vais lui monter son petit-déjeuner, je lui ai interdit de se lever.
– Vous lui avez interdit ?
– Enfin, je ne lui ai pas dit comme ça, mais j'ai fait en sorte qu'elle ne se lève pas avant d'avoir mangé et ensuite je l'aiderai à se vêtir et à descendre jusqu'au petit salon dans la bibliothèque. D'ailleurs, si vous pouviez y porter quelques bûches, ça m'arrangerait bien, je suis débordée ! Il faut que je prépare le repas, que je range la cuisine...
– Martine va venir mettre de l'ordre.
– Oui, oui, elle fera le ménage, mais en

attendant je ne peux travailler que dans une cuisine bien rangée, si je dois tout chercher, je n'avancerai pas.

Angèle prend très à cœur son nouveau statut et veut tout régenter, je vais donc me retirer dans « mes appartements », je suis certain qu'elle ne viendra pas traîner à l'appentis, il y fait trop froid. Mais avant toute chose, je procède à mon rituel quotidien à la Rosière, je fais mon tour de parc. J'observe chaque arbre, arbuste, j'ai besoin de vérifier que chaque chose est à sa place, que rien ne m'a échappé. Un corbeau élargit le silence, je suis un moment ses va-et-vient désordonnés. Tout à coup ils sont dix, vingt peut-être et entament un ballet rythmé par leurs cris, ils semblent vouloir se poser sur un arbre, mais renoncent. Trop nombreux. Ils repartent vers la forêt et disparaissent. Ils reviendront, ils reviennent toujours comme aimantés par cette bâtisse.

Je vais quémander tout de même un thermos de thé avant de me mettre au travail. Lorsque j'entre, j'entends les voix à l'étage, l'une grave et sourde, celle de la Baronne, l'autre aiguë et saccadée, Angèle parle toujours très vite de peur ne pas pouvoir tout dire. Je ne peux m'empêcher de tendre l'oreille, il y a quelque chose de surprenant dans cet échange, une sorte de complicité féminine au-delà de toute notion de classe, un espace où je serais de trop.

– Angèle, je vous entendais fredonner dans la cuisine tout à l'heure. Vous semblez toujours gaie, enjouée. Je vous envie parfois.
– M'envier ! Il n'y a vraiment pas de quoi !
– J'admire votre légèreté, votre enthousiasme.
– Ça se cultive, Madame Bussière, ce genre de chose ne va pas de soi. Je n'ai pas à me plaindre de ma vie, mais croyez-moi, ça n'a pas toujours été tout rose, j'ai dû faire ma place dans ce village, j'ai travaillé dur avec Fortuné et si aujourd'hui j'ai quelques biens, je ne les ai pas volés ! Avec votre position sociale, vous n'avez rien à m'envier. Mais si je peux me permettre, nous avons des points communs : vous vivez seule, moi aussi. Vous avez perdu votre frère, j'ai perdu mon mari, et nous n'avons jamais eu d'enfant ni l'une ni l'autre.

– Vous avez été mariée, Angèle, je n'ai pas connu cet état.
– Ne pas avoir d'enfant a été pour moi une véritable épreuve, cela a été difficile à accepter. J'avais un bon mari, nous vivions bien et la chose qui nous tenait le plus à cœur nous a été refusée. J'ai dû faire le deuil de cet enfant à naître. Je n'ai jamais su si c'était Fortuné ou moi qui n'était pas fertile. Peu importe. Je n'avais pas d'autre choix que d'accepter ce que le destin nous imposait, à quoi bon faire porter en plus à mon mari ce poids que j'avais en moi ? Alors j'ai accepté de vivre avec ça, bien enfoui tout au fond. On a essayé de faire au mieux avec nos deux petites vies.
– C'est cette force d'acceptation que j'admire en vous.
– Mais, vous-même, vous avez bien accepté les coups du sort ! La disparition de votre mère alors que vous étiez si jeune, votre frère parti si tôt. Pour votre père, c'était dans l'ordre des choses, il n'y a rien à redire.
– Voilà tout votre bon sens, Angèle ! Tout réside dans ce mot « accepter », j'ai essayé de le faire mien toute ma vie et je ne suis pas certaine d'y être parvenue. Voyez-vous,

la différence entre vous et moi, ce n'est pas vraiment notre statut social.

– Quand même !

– Non, c'est que vous êtes vous-même, totalement vous-même en toutes circonstances. Vous ne jouez aucun rôle. Moi, j'ai dû forger un personnage, des codes, des règles et m'y soumettre. Je n'ai rien laissé au hasard, il ne fallait aucune faille dans cette carapace que j'avais endossée.

– Madame, sauf votre respect, je crois que vous exagérez ! Bien sûr que je n'ai pas joué un rôle, je suis juste restée à ma place, tout comme vous. Et puis, je crois que vous vous fatiguez trop à réfléchir à tout ça, vous devez vous reposer, reprendre des forces. Le printemps va vous rendre La Rosière d'autrefois, vous avez bien fait de faire tous ces travaux, une maison qui vit, c'est primordial ! On n'a pas le droit de laisser disparaître ce qui a été. C'était une belle chose de raviver cette maison. Et en plus, c'est grâce à vous qu'Antoine est resté et que je peux bénéficier de son aide, mon auberge sera magnifique à la saison prochaine ! Bon, maintenant reposez-vous, je vais préparer le repas.

– Angèle, merci d'être là.
– Allez, ce n'est pas grand-chose.
– Quel jour sommes-nous ?
– Mercredi, pourquoi ?
– Pour rien, merci.

Je me glisse dans la cuisine, je ne voudrais pas qu'Angèle pense que je l'épie. Elle fait irruption en marmonnant et sursaute en me voyant.
– Antoine, ne me faites plus ça, je ne crois pas aux fantômes, mais quand même ! J'ai cru voir son frère !
Je pense que Madame Adélaïde file du mauvais coton, je ne vois pas d'autre raison à son comportement.
– Elle va plus mal ?
– Non, non. Mais c'est bizarre, cette façon de se confier, de me parler tout à coup comme si j'étais son égale.
– De quoi parlez-vous ?
– Oh, des histoires de femmes, rien qui vous concerne. Mais quand même, elle m'a parlé plus ce matin que depuis que je suis arrivée au village !
– Oui, c'est surprenant, on ne mélange pas serviettes et torchons !

Angèle hausse les sourcils et m'expulse aussitôt.
– Cessez de traîner et allez terminer ce portail et ce que vous avez à faire dans le parc, et le reste.
– Du calme, Angèle, il n'y a pas péril en la demeure, mon travail avance normalement et cet après-midi, je terminerai les peintures du couloir de l'auberge, à moins qu'elle ne vous ait nommée chef de chantier !
– C'est ça, moquez-vous ! Allez, j'ai du travail moi aussi ! Prenez votre thé et retournez à vos affaires.
J'obtempère. Ça lui fait plaisir de croire que je lui obéis ! Du couloir, je l'entends bourdonner parlant toute seule en farfouillant dans l'armoire à vaisselle.
– On se croirait au siècle dernier dans cette cuisine, ça manque un peu d'ustensiles modernes, mais c'est quand même beau tous ces cuivres.
– Angèle !
– Madame Bussière, vous m'avez fait peur ! Vous vous êtes tous ligués contre moi aujourd'hui ! Antoine est là où on ne l'attend pas, vous aussi, c'est bien perturbant, je ne

vais jamais avoir terminé le repas à temps. Et puis je devais vous aider à vous habiller et à descendre.

– Allons, allons, ne vous affolez pas, je ne suis pas à l'article de la mort et je suis descendue très prudemment. Je voulais simplement m'asseoir ici pour pourvoir continuer bavarder avec vous.

– Faites, faites, vous êtes chez vous, Madame Bussière, ne faites pas attention moi, je suis comme ça, je ronchonne tout le temps et pense à haute voix, je ferais mieux de me taire parfois.

– Voilà, je me mets devant la fenêtre, ainsi je peux voir le parc et je ne vous perturberai pas en vous regardant travailler. Ne vous occupez pas de moi.

Dites-moi, Angèle, êtes-vous montée au deuxième étage tôt ce matin ?

– Non, absolument pas puisque vous m'aviez demandé de ne pas y aller. D'ailleurs, il faudrait peut-être que j'aère là-haut aussi puisque je vais ouvrir dans votre chambre.

– Certainement pas ! Personne ne doit monter au second !

– Moi, ce que j'en dis c'est pour rendre service.

– Ne vous vexez pas, j'ai totalement confiance en vous, sinon je ne vous aurais pas demandé de rester, mais le deuxième étage était celui de mon frère et je suis la seule à m'y rendre. J'aurais juré entendre des pas ce matin à l'aube, je suis certaine que le parquet a craqué.
– C'est une vieille maison, c'est normal, c'est pareil à l'auberge.
– Vous avez raison. Bien sûr. Vous savez, on croit s'être habitué à l'absence et le moindre bruit ravive le passé.
– À qui le dites-vous ! Au début, quand Antoine s'est installé à l'auberge, j'ai eu plusieurs fois des coups au cœur ! Entendre marcher à l'étage, entendre l'eau dans la tuyauterie, une voix qui fredonne, j'avais oublié ce qu'est une présence dans une maison. D'habitude, à part à la bonne saison quand j'ai quelques clients, il n'y a que le bruit de mes casseroles qui anime l'auberge, ou parfois ma voix lorsque je parle seule. Eh oui, je parle seule !
– Vous n'êtes pas la seule !
– Au début, quand on se retrouve seul, on se dit qu'on ne fera jamais son deuil, qu'on

restera à jamais cette carcasse vide, sans émotion, sans vie, sans rêve. Tous croient qu'on est là, mais il n'y a plus rien de soi, juste un corps automate. Il n'y a qu'un grand trou en soi et un autre à côté, le sien. On caresse le deuxième creux dans le matelas de laine et on voudrait qu'il reste à jamais ainsi. Et puis, un matin, on s'aperçoit qu'il n'y en a plus qu'un, au milieu. On se remet à manger avec appétit. On conjugue à nouveau les verbes au futur. On pense à lui au passé.
Parfois je culpabilisais, j'avais peur qu'il ne devienne qu'un souvenir, alors je me mettais à lui parler, à voix haute, au présent. Un jour, on le laisse partir pour de bon. C'est à la fois terrible et naturel.
On fait son deuil, c'est certain, mais on n'oublie rien.
– Quand je vous écoute, cela paraît simple, naturel comme vous avez dit. Pour moi, ce fut plus compliqué.
Je marche encore dans l'ancienne vie, aux côtés des ombres de mon passé. Le présent n'existe que pour les autres. Je ne sais pas ce qui j'y fais. Il y a la vie d'avant et la vie des autres, et moi je ne suis nulle part. Tout

m'est égal ou presque. La vie est souvenir, il faut le préserver, semble-t-il. Là-haut, sa chambre... une image de la vie. J'y vais le respirer, l'écouter. Je garde. Ce n'est pas un musée, j'y cultive le présent d'autrefois... Je rêve hors du temps... Je...

– Madame ? Madame Bussière ? Vous m'entendez ? Vous devriez aller vous reposer au petit salon, vous êtes toute pâle. Il ne faut pas ressasser le passé, vous vous faites du mal. Antoine a fait du feu, venez vous allonger sur la méridienne. Je n'aurais pas dû vous faire parler comme ça, c'est pas bon.

– Mais non, Angèle, ne vous inquiétez pas, j'ai plaisir à vous écouter, vous aussi vous me tirez dans le présent, comme Antoine. Vous êtes tellement vivante. Mais je vais vous écouter et je vais m'allonger dans la bibliothèque, ainsi vous ne pourrez pas dire que je vous ai empêchée de cuisiner !

– Oh, je ne me serais pas permis de dire ça !

– Et pourtant c'est bien vrai que je vous retarde, mais ça m'a fait du bien de parler avec vous.

– Je comprends.

20

La lumière cristalline du matin épelle chaque chose. Mon bonnet enfoncé jusqu'aux sourcils, j'avance à grandes enjambées sur le sentier pierreux, j'ai oublié mes gants et garde mes mains plantées au fond des poches. L'air glacé vient se coller à la peau de mon visage et je serre les lèvres. Le froid est grand complice du silence. Angèle a raison, il faut prendre un cache-nez. Ici on ne parle pas d'écharpe, accessoire d'ornement, on lui préfère le cache-nez qui sert à quelque chose. On est dans le monde du pratique et de l'efficace.
Des branchettes cassent sous mes pas. Seul bruit. Pas un chant d'oiseau, le froid les a relégués je ne sais où. Il fait glacial, mais je me sens bien. Une force extérieure à moi-même me tire en avant. À la croisée de deux sentes se profile une silhouette un peu voûtée. Gaston. Aucun bruit pourtant ne m'a alerté, il est là, surgi de nulle part, adossé à un tronc. Il semble m'attendre. Un hochement

de tête pour salut et le voilà qui se met en marche deux pas devant moi. Au bout d'un moment, là où le sentier se fait chemin, il ralentit l'allure et se retrouve à mon côté. Nous avançons ainsi un temps. Sur le chemin, deux ombres jumelles nous précèdent poussées par le soleil qui se lève dans notre dos. Elles progressent au même rythme, pas un pas plus long que l'autre, juste une petite claudication pour l'une. Gaston ressemble aux arbres de sa forêt, ici est son territoire. Au passage, il flatte l'écorce des chênes de sa main, comme on caresse la tête d'un enfant aimé. Le silence qui nous enveloppe ne me gêne pas, mais je ne suis pas non plus surpris lorsqu'il prend la parole et encore moins par son tutoiement, ici tout devient naturel.

– Maintenant, tu connais presque tout de cette forêt. Je t'ai souvent accompagné à distance. D'habitude, je m'éloigne dès que j'entends des voix ou des pas, ça me permet d'éviter les conversations creuses qui tuent le silence. Je t'ai laissé faire parce qu'il y avait du respect dans tes pas.

Je ne dis rien. Il n'y a rien à dire, il n'a rien à apprendre de moi, mais moi tout de lui.

– J'ai su tout de suite que tu savais reconnaître le sacré de ce lieu, que tu ne venais pas en profanateur. Ici, c'est une cathédrale, Ma cathédrale. Pas besoin d'entrer dans leurs églises. Ils ont beau faire grandir les clochers pour approcher le ciel, le sacré ne supporte pas l'enfermement même dans leurs cages de pierres dorées. Les églises ne servent qu'à combler le vide, celui que les hommes ont en eux, et aussi à faire barrage contre leurs peurs, ils ont oublié l'essentiel.
Ici, ce sont les arbres qui offrent une voûte, elle respire ; en hiver, ils dispersent leurs feuilles pour que la lumière céleste continue de baigner la forêt ; au printemps, ils se font tendres et un vert doux dessine les plus beaux vitraux que j'ai jamais vus. Le feuillage filtre la clarté divine dans le sous-bois et les chants d'oiseaux sont les seules prières que je connaisse.
Je t'ai vu aussi enlacer le plus gros des chênes, là où la forêt gravit la colline, je t'ai vu poser ton oreille contre l'écorce. Si tu n'as pas entendu, ce n'est pas grave, un jour viendra où tu discerneras des palpitations, ce ne sont pas les tiennes, mais le monde qui bat

sous l'aubier. Il faut être patient, car il faut beaucoup de temps, d'humilité aussi pour entendre. Le souffle que tu perçois là-haut dans les branches, c'est celui du temps qui soupire tant l'arbre est long à mourir. Parfois, pour certains d'entre eux qu'on croit morts, une touffe feuillue réapparaît sur l'écorce craquelée, comme l'aulne à moitié couché du côté de la rivière.
Souvent je m'assois et m'adosse contre un arbre, je plonge en moi, en lui, à tel point que je voudrais me fondre, que son écorce vienne recouvrir ma peau, comme l'arbre absorbe tout corps étranger qui reste trop longtemps contre lui. Tu as vu chez Angèle la corde à linge est attachée à un arbre, l'écorce a recouvert cette corde, ils ne font plus qu'un. Je voudrais ne faire qu'un, que sa sève se répande en moi, qu'il se nourrisse de moi, que je me nourrisse de lui.
Bientôt la neige sera là. Tu verras le ciel se tisser de coton blanc dans la trame des branches. À l'intérieur, le silence emplira la totalité de l'espace et un velouté de lumière enrobera les arbres. Même les animaux y évolueront dans un silence religieux.

Viens.
Nous marchons un court moment en silence jusqu'à ce que Gaston s'arrête et me désigne du doigt un amas de ronces.

– Approche. Tu vois, j'ai creusé un passage, taillé une cavité sous les ronces et aménagé une loge avec des branchages. La neige va recouvrir ce canevas et former un igloo dans lequel je pourrais me glisser le moment venu et me dissimuler totalement. Je n'userai pas de mon savon pendant au moins une semaine pour porter le moins possible l'odeur des hommes et, une nuit de pleine lune, je viendrai me fondre dans cet espace. Alors commencera pour moi une longue attente, je ne bougerai pas, même mon souffle sera ralenti jusqu'au moment magique où ils arriveront.
La nuit, le bois appartient aux animaux, ils se savent en sécurité, et cherchent leur nourriture, ils vont et viennent paisiblement. Rassure-toi, mon attente n'a rien à voir avec une traque de chasseur, je les regarde tout simplement vivre sous la lune. L'an passé j'ai pu voir une harde de cerfs et de biches à

quelques mètres de ma cache, une cinquantaine de bêtes. Malgré toutes les précautions que j'avais prises, le cerf aux grands bois a flairé une présence, un possible danger. Il a fait face de toute sa hauteur et s'est avancé pendant que les autres bêtes reculaient et s'éloignaient. Il s'est immobilisé telle une statue tant que le doute a subsisté en lui, il prenait la mesure de ce à quoi il devrait faire face pour protéger le troupeau. Puis, lentement, il s'est retourné, et a suivi le groupe qui l'attendait un peu plus bas dans le vallon. Pour sentir battre mon cœur comme il a battu alors, je serais prêt à passer des nuits entières jusqu'à mourir de froid. Ce serait peut-être une belle mort que disparaître ainsi.

– Lorsque je suis arrivé ici, j'ai entendu le brame des cerfs. Les sons gutturaux qui résonnaient dans la forêt étaient bouleversants, douloureux, comme quelqu'un qui près de se noyer lance un râle énorme quand l'air emplit à nouveau ses poumons. J'ai parfois eu l'image fugace de biches traversant un champ, mais je n'ai pu voir que les traces de leur passage, touffes de poils accrochées aux ronces, feuilles au sol creusées par leur

repos diurne, le bruit de mes pas devait les alerter et ils se déplaçaient au fur et à mesure de mon avancée.
– Ne parle à personne de cette cache. Si un jour tu reviens ici, je t'autorise à l'utiliser.
– Il me tarde le printemps pour connaître la lumière de cette saison dans le feuillage, je n'ai vu que les jaunes, les rouges flamboyants de l'automne.
– Tu ne la verras pas. Tu seras déjà loin.
– Je ne sais pas, je serai peut-être encore là.
– Moi je te le dis, tu seras loin.
Gaston me surprend par son ton de douce détermination qui n'appelle aucune contradiction.
– Ton histoire doit s'écrire ailleurs. Chacun de tes pas bâtit ta demeure. Tu devras chercher, creuser, gratter, éliminer toutes les croûtes, les peaux qui s'accrochent encore, puis au cœur, tu pourras écouter la sève qui est tienne. Après seulement, tu renoueras avec le ciel et la terre. Ici ou ailleurs. Peut-être bien que tu la trouveras ta cathédrale.

Sans crier gare, le voilà qui me salue de la main et bifurque en accélérant le pas.

J'en viens à me demander si je n'ai pas totalement imaginé cette conversation avec cet homme qui ne parle jamais, dans cette forêt qui, tout à coup, me semble encore plus glaciale dans la lumière blanche de ce matin de décembre.

21

– Angèle, aidez-moi à me vêtir, je dois me rendre à un rendez-vous.
– Madame Bussière, ce n'est pas raisonnable, vous n'êtes pas remise de votre malaise, le docteur l'a dit : il vous faut du repos.
– Je ne fais que ça, Angèle, me reposer. Je ne peux surseoir, d'ailleurs le taxi est commandé, il vient chaque samedi à la même heure et il ne me reste qu'une heure pour me préparer.
– Je vais voir ce qu'en pense Antoine.
– Angèle, ne me mettez pas en colère, je suis certaine que ce serait encore plus néfaste pour mon cœur que d'aller à mon rendez-vous. Si vous ne m'aidez pas, je me débrouillerai toute seule. Sachez que vous ne me ferez pas changer d'avis ni vous ni Antoine !
– Bon, bon, moi, ce que j'en dis c'est pour votre bien.
Angèle tourne les talons et descend en maugréant jusqu'à la remise où Antoine empile le bois coupé.

– Voilà qu'elle a décidé de partir à la ville ! Dans l'état où elle est ! Et têtue comme une mule avec ça ! Remarquez, elle a repris du poil de la bête, elle est redevenue La Baronne : elle décide et ordonne. Moi, je crois que je vais rentrer chez moi, c'est pas la peine de s'échiner à la remettre sur pieds à coups de tisanes, petits plats, feu dans la cheminée pour la retrouver raide dans un taxi !
– Du calme, du calme, Angèle. Qu'est-ce que c'est cette histoire de rendez-vous ? Je vais aller lui parler.
– Oh, vous pourrez dire tout ce que vous voudrez, elle ne changera pas d'avis. C'est elle qui l'a dit.
– Bon. Elle veut y aller à tout prix ?
– Oui, elle n'en démordra pas.
– Et bien, je vais lui dire qu'il n'y a aucun problème.
– Ah, ça fait plaisir d'être soutenue, c'est parfait.
– Ne vous énervez pas, je vais simplement la convaincre de l'accompagner.
– Hum, vite dit, mais je ne suis pas sûre qu'elle acceptera.
– Je peux essayer. Aidez-la à se préparer et

ne lui dites rien, ensuite faites-la descendre au petit salon, je vais y faire du feu.

– Antoine, c'est une très bonne idée d'avoir réchauffé la bibliothèque, mais Angèle a dû vous le dire, je vais sortir. Ce n'était pas la peine.
– La pièce sera déjà chaude lorsque nous rentrerons et vous pourrez vous y reposer sur la méridienne.
– Je pars seule, Antoine.
– Madame Bussière, le médecin m'a personnellement demandé de veiller quotidiennement sur votre état de santé. Lorsqu'on me confie une tâche, je l'accomplis. Je vous accompagne en taxi et je vous attendrai là où vous allez. Je peux être très têtu moi aussi ! Qu'en pensez-vous ?
– Vous me fatiguez, mais c'est aimable de votre part. Je vous ferai déposer au centre-ville et à dix-sept heures je repasserai vous prendre devant le café de la gare. Vous visiterez la ville en m'attendant, c'est petit, mais assez joli, il y a même un cinéma si cela vous plaît. Ne vous inquiétez pas pour moi, je me sens mieux que ces derniers jours, et c'est

grâce à vous deux. Je vous remercie de vos soins, je vous dédommagerai pour ce temps passé à mon chevet.
– C'est sans importance, je ne le fais pas pour être payée, réplique Angèle un peu vexée.
– Ne grognez pas comme ça, pour moi ce serait gênant et j'y tiens. J'entends la voiture qui s'avance dans l'allée, aidez-moi en enfiler mon manteau.
– Mettez ce chapeau, il vous tiendra chaud à la tête et en plus il vous va très bien. Je vais entretenir le feu du salon.
– Comme vous voudrez, mais vous pouvez rentrer chez vous si vous le souhaitez.

Elle s'appuie sur mon bras et nous nous avançons vers le taxi. Elle s'installe à l'arrière et me fait signe de me mettre à l'avant, à côté du chauffeur. Ce dernier semble habitué, car il lui dit que le parc change de semaine en semaine. Ensuite s'installe le silence, seul le ronronnement du moteur remplit l'habitacle. Je me retourne un instant pour voir si tout va bien. Elle a le visage tourné vers la vitre et observe le paysage, je ne suis pas certain qu'elle regarde vraiment. C'est la première fois depuis que je suis ici que je reprends cette route. Après quelques lacets, on sort de la végétation et si on se retourne, rien ne laisse à penser qu'il y a un village derrière les grands arbres, un peu comme dans les contes de fées où la forêt se referme après le passage du héros.

– Notre petit village est bien à l'abri, n'est-ce pas ?

C'est à croire qu'elle lit vraiment dans mes pensées.

– Oui, c'est surprenant que ceux d'ici n'aient rien tenté pour rejoindre l'autre vallée, il suffirait de traverser le grand bois derrière l'église. Remarquez, je trouve que c'est mieux ainsi.

– Certains auraient bien voulu. Gagner du temps, il n'y a que ça qui les intéresse. Gagner du temps, de l'argent. Certains voulaient que les bois deviennent propriété de la commune, ainsi ils auraient pu les exploiter et ouvrir une voie. Moi vivante, ça ne sera pas. Je suis propriétaire d'une partie, la seule qui n'ait pas été vendue et qui fait obstacle à ce projet. Ils ont tous défilé, ceux du conseil, me faisant miroiter l'avenir du pays, l'installation d'une scierie, du travail pour les jeunes. Moi, je sais que si cela se fait, le pays n'existera plus. Une fois la forêt dévastée, leur usine ne résistera pas bien longtemps et ils auront tout perdu. Alors, j'use de mon pouvoir de « Baronne ». C'est bien comme ça qu'ils m'appellent, n'est-ce pas ? Il faudra bien que je trouve une autre solution pour après. Pour le moment, ils ont baissé les bras, peuvent pas faire autrement. Ils attendent. Ils voudraient bien connaître la teneur de mon testament. Je fais très certainement la une des conversations au « Bon coin ». Allez-y, vous aurez un bilan quotidien de mon état de santé ! Certains doivent déjà rédiger ma nécrologie. Tous ne sont pas dupes, heureusement, certains approuvent ma décision et ont bien compris qu'il en va de la survie de ce village et des petits paysans qui y travaillent. Si la route s'ouvre, d'autres viendront, rachèteront à bas prix ces terres pour y faire Dieu sait quoi.

Je me retourne pour lui répondre, mais elle a fermé les yeux et semble somnoler. Le trajet durera une heure environ avant de me retrouver sur la place de cette petite ville.

– N'oubliez pas, dix-sept heures précises devant le café de la gare.

Me voilà donc débarqué comme un idiot et avec quatre heures à tuer dans une ville que je ne connais pas, par un temps de chien. J'avais oublié les ambiances de ville. Aujourd'hui, l'agitation de la place et des rues ne me dérange pas, je me sens de passage donc je me laisse aller à regarder les vitrines, le cantonnier qui agite son balai au même rythme que le balancier d'une horloge, des jeunes filles qui avancent à petits pas devant moi tout en riant aux éclats, des gamines qui malgré le froid mordant jouent à la corde à sauter dans le square. Je ne pensais pas pouvoir trouver la ville vivante, et pourtant c'est le cas. Peut-être que je la trouverais insupportable si j'y vivais. Il faut dire qu'une sorte de torpeur s'est emparée de moi depuis que je suis à Combe-aux-Bois. Je vis dans un rythme à part, une sorte de temps parallèle. Je me secoue et quitte le banc sur lequel je m'étais assis, me mets à la recherche de la place aux halles et du cinéma. Je vais aller voir ce qu'il y a à l'affiche.

Le film était nul, mais il faisait chaud dans la salle et j'ai failli m'endormir. Encore une heure. Le chauffeur de taxi me fait de grands signes derrière la vitre du bistro voisin. Nous buvons un petit coup ensemble, il me parle de sa famille, de sa passion pour la pêche, je l'écoute plus ou moins.

– Je vous embarque maintenant ou on repasse après avec la dame ?

– Je crois que c'est mieux que vous repassiez avec elle, il vaut mieux faire comme elle a dit.

– Elle a du caractère comme on dit chez nous. Elle m'a dit à seize heures cinquante précises devant la clinique.

– La clinique ?

– Oui, la clinique des détraqués, à la sortie de Château-Saint-Sauveur, à mon avis, ils ne sauvent pas grand monde là-dedans ! À part les visiteurs, j'en vois jamais sortir d'autres. Bon, il vaut mieux que j'y aille un peu à l'avance, c'est une bonne cliente, je ne veux pas la perdre, depuis que je suis taxi, c'est toujours moi qui vais la chercher et ça fait déjà quinze ans, alors à tout à l'heure.

– C'est ça, à tout à l'heure.

Que peut-elle bien faire là-bas tous les samedis depuis tant d'années ? Elle est vraiment surprenante.

Le retour au village s'est passé dans le plus grand silence. La baronne semblait somnoler, mais je crois que ses yeux n'étaient clos que pour instaurer une distance et éviter toute conversation. La nuit refermait sa main sur la Rosière lorsque nous sommes enfin arrivés. Madame Bussière a demandé à Angèle de l'aider à se coucher sur le champ, elle était épuisée. Je me suis installé près du poêle et pour la première fois, Lucifer a sauté sur mes genoux pour s'enrouler confortablement et s'est mis à ronronner paisiblement. Jusque-là, seule la Baronne avait ce privilège.
– Ben, ça alors ! Que lui avez-vous fait ? Vous l'avez soudoyé avec quoi ? Tout juste si je peux vaguement le caresser lorsque je lui donne à manger !
– Je devrais peut-être m'en inquiéter, je commence à faire partie des meubles !
– Restez manger ici, vous rentrerez après une bonne soupe. Elle n'a rien voulu avaler, cette expédition à Château-Saint-Sauveur était une folie dans son état.

– Angèle, ne trouvez-vous pas surprenant qu'elle aille toutes les semaines à la clinique psychiatrique ?
– La clinique ?
– Oui, le chauffeur m'a dit que c'est là-bas qu'il la conduit depuis des années.
– Bavards comme des pies ces chauffeurs, ils s'ennuient, alors il faut qu'ils parlent à tort et à travers ! Si ça se trouve, il la dépose dans le quartier de la clinique et elle va rendre visite à ses connaissances, c'est un quartier huppé là-bas, vous savez, que des résidences de la grande bourgeoisie.
– Non, il dit qu'il la dépose à la clinique, et je trouve ça curieux moi. Qui va-t-elle voir là-bas ?
– Ah, arrêtez de chercher midi à quatorze heures ! Elle participe peut-être à quelques bonnes œuvres de la clinique. C'est une femme charitable, Madame Bussière ! Et puis de toute façon, ce qu'elle fait ne nous regarde pas. Mangez la soupe et rentrez à l'auberge, il va se faire tard.

22

Le matin pourchassé par un crachin se cache dans les plis de la nuit. J'avance dans un silence translucide. D'un craquement de branche naît un battement d'ailes, la campagne s'ébroue au signal des oiseaux.
J'ai eu du mal à quitter la maison bien que l'odeur de pain chaud et de bol fumant manquait cruellement ce matin. Chez Angèle, même l'ombre est paisible. À la Rosière, elle se glisse dans les encoignures, elle est épaisse et palpable même si le soleil se répand par les hautes fenêtres. Derrière la vitre, Adélaïde regarde passer des nuages usés. Elle a à peine plus de consistance que l'air qui l'entoure, pas tout à fait celle de la pierre, mais rien de la densité de la vie. Elle est dans la posture de l'attente, mais n'attend plus rien ; le ciel peut se déchirer sous ses yeux, déverser son eau, le vent peut cingler les arbres, rien ne semble pouvoir réveiller la présence. Seuls les oiseaux et leur vol désordonné appellent

parfois son regard. Et pourtant, il y a ce léger balancement, comme le tracé d'un sismographe, un soupçon de vie qui n'est que le brouillon de la mort.

Lorsque j'atteins le salon, elle est debout le front appuyé à la vitre. Une fois encore, elle semble avoir pénétré mes pensées.

– Je me demande parfois s'il y a eu autre chose que ce temps suspendu ? Quoi d'autre entre ce temps de l'enfance où la pluie lavait le paysage derrière la vitre et où on croyait être là pour toujours ? Seuls persistent le froid du carreau et le regard qui glisse sur les images. Il y a eu tant et si peu à la fois !
Mais ne faites pas attention mon petit Antoine, l'hiver fait son œuvre, tout ira mieux aux beaux jours, n'est-ce pas ?

Je ne suis pas certain que la question appelle vraiment une réponse, alors je toussote et tente d'amener la conversation sur un autre terrain. La Baronne reste silencieuse, le regard posé sur son horizon quotidien, le tilleul et l'enceinte du parc. Puis elle reprend la parole. D'une voix lisse, elle me parle sans véritablement s'adresser à moi, les mots glissent de sa bouche, comme malgré elle.

– Vous avez dit n'être que de passage, et je ne vous ai pas cru. Je vous ai dit de rester. Vous avez dit vous appeler Antoine, mais vous ne pouviez savoir qu'il était là, en vous, que vous étiez sa réplique. Certes, cette maison s'est trouvée sur votre route, mais il n'y a jamais de hasard. Mon Julien venait ainsi à moi, je ne savais pas encore pourquoi. Au début, vous me dérangiez, vous déplaciez par votre seule présence les pions de mon échiquier. Je refusais d'admettre l'évidence. Puis vous avez pris votre place, progressivement.
Je sais que vous vous êtes introduit dans mon sanctuaire, vous avez ouvert grand les volets, ce que je ne fais jamais. Je sais aussi que vous avez trouvé les lettres.
Je lui écris depuis toujours. Au début, je les lui envoyais, c'était du temps où il vivait à Paris. Je tentais de maintenir le fil ténu qui nous liait depuis son enfance. Lui, l'avait rompu depuis longtemps. Il ne me répondait que rarement. Trop d'agitation dans la

grande ville, trop de vie, trop de débordements, pas le temps de se pencher sur son passé. Je faisais déjà partie des souvenirs de famille, ceux qu'on range dans le tiroir de l'armoire et que l'on exhume lorsqu'on est vieux et qu'il est trop tard.

Il ne voulait pas enfermer sa vie dans ce qu'il appelait « la chambre mortuaire ». Il cherchait à blesser et y parvenait en me disant que je faisais partie de ce monde des morts. Lui, aimait la fête, le brouhaha des salons où on se frôlait, les couleurs chatoyantes des robes de toutes les femmes qui se pavanaient un éventail à la main, avec des mines de chattes. Il cherchait la griserie, celle qu'apportent les alcools et les stupéfiants aussi. Longtemps j'ai fait semblant de ne pas savoir, je voulais croire que c'était la jeunesse, que cela passerait avec l'âge.

Lorsqu'il voulait recevoir ici à la Rosière, amener ses amis à la chasse, je résistais le plus possible, puis je cédais, pour ne pas le perdre totalement. Au milieu de ses invités, je ne voyais que lui, ses cheveux bruns et brillants qui retombaient en une mèche rebelle sur le côté. Il avait la même couleur de cheveux

que vous, mais ils étaient plus soyeux que les vôtres. Vous les coupez trop court.
Elle glisse vers moi un regard appuyé, puis reprend aussitôt son monologue.

– Il parlait sans cesse, avait toujours la répartie aux propos de ses invités. Moi, je n'entretenais aucune relation, je n'avais de liens avec personne, donc personne à inviter. Je m'employais à ne pas gâcher la fête. Je m'occupais de l'intendance et embauchais pour l'occasion au village et on pouvait croire un temps que l'opulence régnait encore ici. Rien n'était trop beau pour ses hôtes, il voulait que tout soit parfait.
« Fais-toi belle pour moi ! Sors de ton corset de principes pour quelques jours, quitte ton air de duègne, je veux te voir gaie. Fais-le pour moi ! La vie est courte grande sœur, il faut la brûler avant qu'elle ne nous blesse ! »
Et je cédais.
Il me provoquait.
Il aimait se mesurer à moi, tentant de me convaincre dans des diatribes sans fin que la vie ici n'était pas la vie, que je me desséchais sur pied dans ce village. S'engageait entre nous deux une joute oratoire où chacun allait de sa

plaidoirie. J'aimais ces affrontements, je comptais un peu pour lui dans ces moments-là.
Il me revenait.
Lorsqu'il recevait, il m'oubliait. Je n'étais là que pour organiser, subvenir à tous ses besoins, ses désirs. Il partait chasser avec ses amis pendant que ces dames causaient sur la terrasse ou à l'ombre du tilleul, attendant les nouvelles agapes du soir.
Malgré mes efforts, je parvenais difficilement à sortir de ma réserve et à faire des courbettes à cette bande de pique-assiettes, vestiges d'une bourgeoisie ruinée pour la plupart, et décadente pour tous.
Par-dessus tout, je m'en voulais de lui céder alors que j'aurais tant voulu le ramener à la raison et à une vie plus saine.
J'aurais voulu vivre en symbiose totale avec lui, comme lorsqu'il était enfant, que j'étais tout pour lui et qu'il recherchait sans cesse ma présence, venant se blottir dans mes bras à la moindre frayeur ou gros chagrin. J'aurais voulu éterniser ce temps-là.
Puis tout le monde repartait à Paris, la province les lassait très vite. Je me retrouvais à nouveau seule.

Je continuais à lui écrire, il continuait à ne pas me répondre.
Par la suite j'ai cessé de lui envoyer ces lettres, c'était devenu une sorte de journal où je consignais tout ce que je ne pouvais partager avec lui.
Moi, je m'installais un peu plus chaque jour dans le silence. On va la bouche close, on oublie le son de sa propre voix, seule celle qui loge au creux de la tête reste vivante. On se parle en silence, on dialogue avec soi. Quand l'ombre a cueilli les dernières lueurs, les voix du soir s'installent, alors elles prennent possession de l'espace.
Je lui parle encore aujourd'hui. Et j'entends ses réponses, ses arguments, je sais mot pour mot ce qu'il m'aurait dit.
J'entends sa voix.
Je l'entends toujours.

La Baronne marque une pause, a un mouvement de main vers son visage, on pourrait croire un instant qu'il y a des larmes dans sa voix, mais non, cette femme ne sait pas pleurer, encore moins devant un étranger. Elle reprend sur un ton à nouveau plus assuré.

– Vous êtes venu.

La première fois où je vous ai vu dans l'allée, la lumière du couchant couvrait votre silhouette et je ne percevais rien de vos traits, mais tout dans votre allure me parlait de lui. Vous avanciez, mains dans les poches, silhouette légèrement inclinée, même votre pas se calquait sur le sien, ferme, sans hésitation. J'ai espéré un instant sa voix, j'attendais mon prénom qu'il faisait claquer avec impatience jusqu'à ce que je me penche à une fenêtre pour le faire taire tant il le clamait haut et fort. Le silence vous accompagnait. Vous avez glissé autour de la Rosière comme une ombre. Son ombre.

Votre présence a tout mis à jour, passé et présent se mêlant intimement. Vous avez exhumé la vie vraie, celle que je ne conjuguais plus qu'à l'imparfait. Votre présence ravivait cette maison, comme le printemps réchauffe la pierre après l'hiver, comme un bon vin ramène à la vie et à la joie. J'ai repris appui sur la margelle du puits où je me laissais glisser.

Vous êtes la rencontre de deux temps, avant et maintenant confondus. Antoine, vous êtes un souffle d'air qui s'immisce dans cet espace figé. Même les oiseaux, me semble-t-il, chantent plus fort depuis que vous rendez la vie à cette maison. Parfois, vous vous arrêtez pour regarder autour de vous, immobile, totalement uni au paysage de ce parc comme si ce que vous regardez à cet instant donné était aussi fort que tous vos projets de voyage, que votre vie passée et à venir. Alors vous êtes présence, à la manière de ces vieux paysans qui se figent au milieu de leur champ en un geste aussi important que tous les travaux qu'ils viennent d'accomplir.

Elle se tourne vers moi et me regarde droit dans les yeux.

– Je ne suis pas folle, mon petit Antoine ! Rassurez-vous. Je sais qui vous êtes, même si parfois vous n'êtes plus que le fil qui me conduit au passé. Je regarde ce qui n'a pas été et ne sera plus, mais on ne traverse pas la vie à rebours, n'est-ce pas ? On ne peut défaire le temps.

Pourtant les souvenirs traînent là, dans chaque recoin, dans les plis des tentures, derrière chaque porte, entre les pages de ces livres bien rangés. Je les guette, autour, en moi, je les caresse, je leur tisse un doux cocon. Ils sont des éclats de vie que je regarde briller. Je ne veux et ne peux point m'en défaire. Je les conserve comme de vieux bijoux brisés, abîmés que l'on garde malgré tout dans des coffrets anciens. On ne se libère pas de ceux qu'on aime. Pour les retrouver, on est prêt à tout. Moi, je me fais ombre parmi les ombres, je vis avec elles dans cette zone impalpable où se mêlent passé et présent. C'est mon musée à moi, mon musée des âmes. Depuis longtemps la nuit étend son silence jusqu'au vif de mes jours.

Cela ne veut pas dire grand-chose pour vous, Antoine, vous êtes si jeune !

– Madame Bussière, j'ai déjà ma charge d'ombres. Même si on veut les reléguer dans les tiroirs les plus secrets de la mémoire, elles sont là. Parfois même, elles nous portent. J'ai cru pouvoir y ajouter ma mère avant l'heure, vivante parmi les ombres ou ombre parmi les vivants. En quoi est-elle plus vivante que le souvenir de mon père ? Seulement un souffle entre les lèvres. Il y a aussi l'ombre de ce grand-père que je n'ai pas connu et qui fait malgré tout un peu partie de ce que je suis. Je ne sais pas encore si mon chemin obliquera jusqu'à lui et les siens, mais ils sont avec moi, c'est certain. J'ai cru un temps me débarrasser de tous, vivants et morts, mais au fur et à mesure que je marchais, ils collaient un peu plus à mes pas. Parfois, je rêve que je marche auprès de mon père, ou plutôt j'essaie, mais mes pas sont trop courts, je n'arrive pas à les calquer sur les siens, et petit à petit, il me distance et je ne peux que le suivre, lui s'éloignant de plus en plus puis disparaissant dans la brume. Je voudrais seulement marcher à ses côtés.

– Je vous ennuie certainement, mon petit Antoine, à m'agripper ainsi à mon passé, vous avez bien assez à faire avec le vôtre et avec ce qui sera votre avenir. Allez donc terminer de peindre cette grille puisque vous êtes là pour ça !

Me voilà donc congédié ! Je n'insiste pas, et de toute façon j'en ai assez de ce rôle de frère par procuration ! J'aimerais bien, un jour être moi, entièrement moi et pas la réplique d'un mort ou le fils que mes parents voulaient que je sois. Moi et seulement moi !

23

Les soirées sont longues sans Angèle. Lorsqu'elle était là, j'avais hâte de retrouver le calme de ma chambre pour faire des croquis qui, un jour, deviendraient des toiles, mais depuis qu'elle dort à la Rosière, je descends mes carnets en cuisine. C'est la pièce que je préfère. La cuisinière ronronne, la bouilloire chuinte, les ustensiles sont alignés au garde-à-vous sur les étagères, les torchons empilés au carré, les pots en verre remplis de tilleul, verveine, thym, brillent sous la lumière de la suspension. D'habitude, tout cela me rassure et m'incite à m'abandonner. Je peux laisser libre cours à ce qui circule en moi, autour de moi, rien pour faire obstruction et empêcher ce besoin de griffonner. J'aime ce temps de latence où je sens émerger les images. C'est comme dans la vie, quand un nouvel horizon se profile, que tout est à venir. Lorsque je termine une toile, je ne peux rester sur ce qui vient de s'achever,

aussitôt, la faim d'autre chose me tenaille, d'autres sensations, d'autres émotions, il faut à nouveau ouvrir une porte et partir. Ma vie n'est peut-être que le reflet de ce sentiment infini d'insatisfaction, d'attente, ce besoin permanent d'aller au-delà de la colline voir ce qui s'y trouve, et de recommencer encore et encore. Alors, je rassemble à nouveau mes crayons, mes pinceaux, comme on fait son bagage dans l'urgence d'un départ à ne pas rater, un nouveau chemin où se perdre.
Pourtant, ce soir, je rature, je griffonne en tous sens et la feuille n'est plus qu'un ramassis de hiéroglyphes auquel je n'arrive plus à raccrocher du sens. Je me suis laissé enfermer dans une espèce de bulle. Par moments, je crois y avoir retrouvé celui qui se terre en moi, à d'autres, je m'y sens pris en étau et mes poumons sont sur le point d'éclater pour laisser échapper en vrac tout ce qui m'étouffe et me donne la nausée. Je ne trouverai pas d'échappatoire ce soir. Je suis seul face à moi-même, dans cette cuisine chaude et paisible, et j'essaie vainement d'échapper à mes questions. Je sais qu'il va falloir prendre des décisions, mais je suis comme un oiseau

aux ailes engluées, qui a renoncé à les agiter et attend qu'il arrive quelque chose, que quelqu'un vienne l'extirper de sa prison. Je suis incapable de décider quoi que ce soit, j'attends que les choses se fassent ou se défassent d'elles-mêmes.

24

À la tombée du jour, une nuée de corbeaux devisent à la cime des arbres. Ça croasse, ça jacasse. Je siffle entre mes doigts : grand silence. Mais ça repart aussitôt de plus belle, ignorant royalement la gente d'en bas. On ne leur fera pas deux fois le coup de la fable ! La Baronne a exigé d'être seule pour cette soirée de Noël. Elle va semble-t-il mieux, donc nous avons obtempéré. Seule concession à laquelle elle a consenti, nous pouvons revenir demain pour le repas de midi qu'Angèle préparera non pas à la Rosière, mais à l'auberge. Je comprends qu'elle préfère rester seule avec ses souvenirs pour cette nuit que le village se prépare à fêter. Je vais essayer d'échapper à la messe de minuit. Angèle use de toute sa force de persuasion pour m'attirer dans la petite église. Elle est allée jusqu'à me dire que je serai le seul du village à ne pas y être et que pour le coup je me mettrai définitivement à part ! Je doute fort que le

divin enfant draine tous ceux d'ici, je vois mal le cafetier ou Gaston ou les acharnés de la belote venir chapeau bas devant la crèche de Monsieur le Curé. À cela, elle m'a répondu : « Venez voir par vous-même, vous serez surpris. »
Je suis assez content d'entendre à nouveau la vie s'agiter en bas. L'auberge sans Angèle était sinistre. J'ai terminé les peintures et elle ne sait que trouver pour me retenir encore un peu ! Voilà qu'elle veut dépoussiérer le grenier, traiter les poutres. « On ne sait jamais, au cas où les bêtes viendraient élire domicile dans le bois », qu'elle dit ! Il faut que je lui envoie le Gaston pour la convaincre que je vais repartir, il semble plus au fait que moi-même. Pourtant, elle n'a rien dit lorsqu'elle m'a vu compulser un livre de la Baronne sur cette région qui fut celle de mon père. Elle m'a seulement demandé si c'est bien cet endroit que ma famille a déserté pour venir à la ville. Elle a regardé avec moi les photos, les gravures, n'a émis aucun commentaire, mais je sentais bien qu'elle m'observait du coin de l'œil. Elle savait bien l'envie qui me taraude depuis quelque temps. Aller voir là-bas. Je n'ai pas d'objectif

particulier, je veux voir. Et comprendre. Peut-être. Comme dit la Baronne, on ne traverse pas la vie à rebours, mais peut-être peut-on se retourner sur ses pas et comprendre pourquoi ce chemin et pas un autre.
Un fumet vient émoustiller mes narines et anéantit mes velléités de travail, mon carnet de dessin attendra. Je pénètre religieusement dans ce lieu sacré, la prêtresse s'est absentée, je vais pouvoir humer au-dessus des plats sans qu'elle me surveille et peut-être même goûter à son menu tenu au secret.
– C'est ça ! Jouez les pattes de velours ! Vous ne savez donc pas que même Lucifer le chat, je l'entends venir quand je suis en cuisine ?
– Vous êtes une véritable tortionnaire ! C'est une torture que de ne pouvoir goûter.
– Bon, je vais faire exception. Prenez un bout de pain et saucez dans cette louche.
Pendant que je souffle sur mon morceau de pain, ses yeux brillent de plaisir et sont en forme de points d'interrogation.
– Alors ? Vous faites exprès de ne rien dire, sacre bleu !
– Ah ne jurez pas, sinon vous ne pourrez communier ce soir !

– Vous comptez peut-être me donner des leçons en la matière, vous êtes bien mal placé espèce de mécréant ! Alors, c'est bon ou c'est pas bon ?
– C'est parfait, c'est à damner tous les saints !
– Ah ! Assez blasphémé ou je ne vous sers pas ce plat ce soir ! D'ailleurs le seul moyen de vous rattraper, c'est de venir à la messe de minuit sinon pas de repas !
– Vous êtes la meilleure en cuisine et au chantage ! Je ne peux que m'incliner. Nous irons à la messe bras dessus bras dessous.
– Dieu vous bénisse ! En attendant, allez vous changer, vous ne comptez tout de même pas vous présenter devant le Seigneur accoutré comme vous l'êtes ? Faites-vous beau.
– Bien, Madame.
– Allez, allez, cessez de faire le malin.

Je ne sais pas trop pourquoi je me suis laissé embarquer ainsi, ou plutôt si, envie de me laisser porter, de faire partie d'une famille. C'est la première fois que mes frères et sœurs me manquent, ma mère aussi. Pourtant Noël n'a jamais fait l'objet de grandes fêtes chez nous, mais ce soir-là, on se serrait tous dans

la salle à manger et on attendait d'un commun accord le passage du père Noël en qui aucun de nous ne croyait depuis longtemps. Moi, l'aîné, j'avais adoubé les petits dès que j'avais su le fin mot de l'histoire. Il n'y avait aucune raison d'être le seul à bénéficier de cette déconvenue. Je m'étais empressé de déniaiser mes frères et sœurs, avec pour consigne de faire le canard, motus, au cas où le père aurait jugé qu'il n'y avait plus aucune raison de distribuer le moindre cadeau ! En fait, il est évident que les parents avaient tout deviné du stratagème, car il y a peu d'enfants qui croient au père Noël au-delà de dix ans ! Ils avaient joué le jeu le plus longtemps possible, aussi surprenant que cela puisse paraître, surtout pour un bourru comme mon père.
J'ai préparé un petit cadeau pour Angèle, j'ai peint l'auberge et le village et j'ai encadré ce petit tableau pour décorer la salle à manger. Je le mettrai à côté de sa tisanière qu'elle monte tous les soirs dans sa chambre, elle le verra lorsque je serai déjà dans la mienne.

25

Bizarrement, hier au soir dans cette église, j'éprouvais une sensation singulière. Généralement, tous ces rituels m'indisposent, me semblent d'un autre monde, et pourtant hier j'étais bien. L'église était pleine comme je n'aurais jamais imaginé : vieux, jeunes, enfants, tous surgissaient de toute part. C'était surréaliste de les voir déboucher de toutes les ruelles et se diriger vers l'église dans un silence tout aussi surprenant. Angèle avait raison, même le cafetier était là et j'ai aperçu Gaston sur la galerie, appuyé contre une colonne. Pourquoi n'y a-t-il donc que la religion qui parvienne à réunir ainsi les gens ? Croient-ils tous en Dieu et sa cohorte de saints ? J'en doute, mais ils jouent le jeu, comme moi, hier soir, pour se retrouver tous ensemble et partager quelque chose.
Angèle était ravie, ce matin, de ma petite surprise et le tableau était déjà accroché au mur lorsque je suis descendu.

– Je ne sais pas comment vous remercier, Antoine, il faut que je vous bise !

Elle a planté deux bises sur mes joues en me serrant un peu dans ses bras, je crois bien qu'il y avait aussi une petite larme au coin de son œil qu'elle s'est empressée d'essuyer avec son torchon à carreaux rouges.

– Ce n'est pas grand-chose, vu comme vous me gâtez de bons petits plats chaque jour depuis que je suis là.

– Vous allez charger tout ça dans la brouette, j'ai pas mieux pour transporter le repas jusqu'à la Rosière.

– Mais c'est une très bonne idée ! Je vais essayer de ne pas la faire chavirer.

– Vous avez intérêt de rouler droit, sinon vous signez votre condamnation à perpétuité !

L'équipée n'est pas vraiment passée inaperçue dans le village, tout le monde savait ainsi qu'Angèle et moi étions les hôtes de la Baronne.

Elle nous attendait, debout derrière la porte-fenêtre, elle avait dressé le couvert. Verres de cristal, serviettes brodées, bougeoirs allumés et vaisselle de porcelaine ! Les yeux d'Angèle brillaient de plaisir et elle fut encore plus émue quand Madame Bussière lui remit entre les mains un vase, lui aussi en porcelaine finement décorée. Elle bredouillait, disait qu'il ne fallait pas, tout en enveloppant l'objet dans ses torchons pour ne pas le casser avant qu'il n'arrive à l'auberge. Dans la cuisine où elle réchauffait les plats, elle n'arrêtait pas de commenter.

– Si on m'avait dit un jour que je mangerais à la table de la Baronne et avec des couverts en argent et verres de cristal, je ne l'aurais pas cru ! Et en plus, elle m'a fait un cadeau ! Elle est bien meilleure que ce qu'en disent les mauvaises langues, ça c'est sûr, mon petit Antoine.

Adélaïde Bussière m'avait offert un livre de géographie comportant un gros chapitre sur la région de mon père, avec des cartes où apparaissait le moindre sentier. « C'est très bien fait pour les marcheurs comme vous, vous pourrez préparer vos randonnées. »

Pour elle, il ne faisait pas l'ombre d'un doute que j'allais partir là-bas, alors que, pour ma part, la décision n'était pas encore prise.

Nous avons passé une journée paisible. La Baronne souriait, bavardait, Angèle qui avait bu un peu plus qu'à l'accoutumée avait les joues rouges et le verbe haut. À la fin du repas, la Baronne lui dit qu'il ne serait plus nécessaire de dormir à la Rosière, elle se sentait beaucoup mieux. Angèle protesta bien sûr.

– Mais vous viendrez me voir de temps à autre, Angèle, nos petites conversations me sont très agréables.

Angèle rougit encore plus et finit par accepter la proposition, elle viendrait lui préparer son thé après sa sieste et lui apporterait quelques plats, Martine étant un peu limitée en cuisine d'après elle !

Nous sommes rentrés tous deux à la tombée du jour, moi poussant la brouette chargée de plats vides, Angèle portant tel un enfant, son vase emmailloté dans ses bras. À la cime des arbres, les corbeaux s'étaient tus.

26

Le temps avait repris son cours. L'ordinaire avait de nouveau pris la vedette et les jours s'étaient succédé, un peu plus mornes en ces lendemains de fêtes. Plus froids aussi.

Je me suis donc consacré aux travaux d'intérieur. La Baronne a retrouvé son air triste et lointain. Je sais que je ne dois rien dire dans ces cas-là. J'attends. Je suis présence muette, jusqu'à ce qu'elle éprouve à nouveau le besoin de se confier. Aujourd'hui, Angèle ne viendra pas, j'ai donc préparé le thé à sa place et l'ai servi dans la bibliothèque où j'ai allumé un feu de bois. Elle est assise dans son fauteuil à bascule et pousse du pied, machinalement.
C'est elle qui rompt le silence, moi je suis là, prêt à entendre, elle le sait.

– Les arbres du parc ont grandi dans le silence des saisons qui passent. La maison a les volets clos même si je ne les ferme plus. Les aiguilles de la pendule tournent en rond dans le vide du temps. Il n'y a plus rien ici. Plus rien. Sauf les oiseaux qui s'acharnent à clamer le jour chaque matin de leurs chants obstinés.

Je continue à parcourir mes jours alors que tout en moi n'en finit pas de mourir. Je voudrais qu'il n'y ait que des soirs, les matins laissent croire que tout est possible alors que tout est joué. Dans le jardin dévasté, depuis ce temps je cherche son ombre, je n'y trouve que silence.

Je ne possède plus que le bois que j'ai pu préserver et cette demeure avec son parc. J'ai dû vendre tout le reste, petit à petit. Julien ne comptait pas, il était insatiable. Pour faire face à ses dettes, je vendais pièce par pièce notre patrimoine. Il jouait, gagnait parfois et revenait alors triomphant, mais ne tardait pas à dilapider à nouveau ses gains. Le jeu le tenait, mais bien plus encore l'alcool et les stupéfiants. Il avait des relations dans les réseaux de vendeurs de mort. Opium, morphine, cocaïne, rien ne l'arrêtait. Parfois, après une descente un peu plus profonde, il

était pris d'un sursaut et revenait à la Rosière, se mettre au vert, disait-il. La verdure n'avait un effet que très provisoire !
Il arrivait alors les bras chargés de fleurs et de mots tendres pour sa grande sœur et cela suffisait à ce que je lui sois de nouveau entièrement acquise. Il a toujours voulu m'échapper, mais lui aimait me savoir toute à lui, et malgré ses discours sur ma vie de recluse, il a toujours fait en sorte d'éloigner de moi ceux de ses amis qui semblaient porter quelque intérêt à mon égard. Il ne tolérait aucun écart, aucune familiarité à mon endroit. Il était jaloux et cela me ravissait.
Il renouait avec la Rosière et moi, la gardienne des lieux. Je voulais le croire même si la scène avait été maintes et maintes fois jouée et ratée. Tout était à nouveau possible. Je me croyais plus forte que ses démons et pensais pouvoir un jour le tirer vers un autre versant de sa vie, le ramener à sa véritable destinée, celle où moi j'aurais pu être son guide. Et puis, tout basculait à nouveau. Chaque fois, il repartait presque comme un voleur, souvent à mon insu de crainte que je ne m'emploie à le retenir, pour échapper à

une scène que j'aurais été tentée de mettre en œuvre. Je trouvais la maison vide, un bout de papier griffonné sur la table, parti dans la précipitation, laissant derrière lui la plupart de ses effets et bagages. Il était comme aspiré par ses vampires, arraché à moi. Et je restais là, vidée de tout. L'énergie qui m'habitait quand il était sous mon toit me quittait aussitôt qu'il s'en éloignait. Je me maudissais de tant d'impuissance.

Et puis, il y eut ce jour fatal. Son ami le plus proche, ne sachant que faire lorsqu'il l'avait trouvé dans un état dépassant tout ce qu'il avait connu jusque-là, m'avait fait appeler d'urgence, me signifiant que Julien était atteint d'une attaque cérébrale gravissime. Je l'ai fait hospitaliser, mais il était trop tard.

– Vous avez fait tout ce que vous pouviez faire, on ne peut faire le chemin pour les autres. Malgré toutes les bonnes volontés chacun est libre de ses choix et de son destin.

La Baronne me fixe, une brume d'absence dans le regard et murmure pour elle-même plus que pour moi : « Chacun a sa part de responsabilité. »

– Mais tout cela fait partie d'un autre monde,

n'est-ce pas, Antoine ? Nous devrions causer de ce qui vous importe et non de mes radotages sur une vie qui vous concerne tellement peu somme toute. Parlez-moi de vos travaux et de ce qui reste à faire pour que la Rosière soit à nouveau la Rosière et non une bâtisse délabrée et vaguement hantée par une vieille fausse Baronne un peu folle !
Un léger sourire s'ébauche sur ses lèvres, mais ne parvient pas à me faire croire à de l'humour.
– Le parc est prêt pour le printemps. J'ai fait toutes les plantations. Le portail est repeint, les portes et volets aussi. L'appentis est en ordre, les outils graissés, le bois est empilé dans l'ancienne écurie. Pour l'extérieur, il resterait peut-être à consolider le bassin si vous envisagez de le remplir au printemps.
– Le bassin ne saurait revivre. Laissez-le ainsi. Samedi, lorsque j'irai à Château-Saint-Sauveur, j'admirerai la grille en sortant, je n'ai pas le courage de me rendre au bout de l'allée par ce froid. J'ai toujours beaucoup aimé cette grille. Depuis que mon père est décédé, je ne l'ai plus jamais fermée, elle doit rester ouverte sur le parc, vous n'y seriez pas entré

si elle avait été close. Il resterait peut-être à repeindre la rambarde du grand escalier intérieur. Vous voulez faire cela encore pour moi ?

– Si vous le souhaitez, je prolongerai encore un peu mon séjour avant de partir dans la région de mon père. Ensuite, je crois que je pourrais retourner voir ma mère, même si je ne peux plus communiquer avec elle.

– C'est une sage décision.

27

La tempête de février a jeté sa nappe blanche sur le paysage muet. Les arbres tendent leurs bras de naufragés. La bâtisse, trait d'union entre le blanc de la terre et le blanc du ciel, affirme un peu plus sa présence. Contre le muret de pierres, une bêche fourbue et un râteau surpris d'être encore là, adossés. Quelques flocons paresseux flottent dans le silence d'une fin de jour. Les bruits s'amenuisent et se dissipent dans l'air mat. Depuis peu, un paysage nouveau s'est dessiné sur Combe-aux-Bois. Tapis blanc et incrustations d'arbres, de toits. Deux mondes se frôlent, une vie souterraine et ce grand sommeil blanc. Le soleil est pourtant présent, mais paré d'un voile moiré, lui aussi baigné d'une froide torpeur. Sur le perron, Lucifer hésite, secouant les pattes à chaque pas. Pour lui, le jardin sous la neige n'a rien de poétique, seulement une raison de plus pour s'en retourner au pied du poêle. J'ai droit à des miaulements de fête, il fait même le dos rond en se frottant à mes jambières. Le nez contre le chambranle, il me regarde d'un air implorant, espérant que je vais ouvrir la porte du paradis.

La Baronne est de plus en plus taciturne, même Angèle ne parvient plus à la dérider avec ses petites histoires sur le village. De mon côté, je reste le plus possible à distance afin de ne pas me laisser entraîner par le mal-être qui l'entoure. Je me sens à nouveau mal à l'aise en sa présence, même si elle est beaucoup moins hautaine qu'il y a quelques mois. Elle ne s'anime que le samedi pour sa journée à la ville. Elle m'a demandé de ranger les ouvrages de planches d'oiseaux, me disant que c'était bon pour les enfants mais plus de son âge. Depuis avant Noël, je ne suis plus allé en forêt, je ne marche plus, et cette respiration-là me manque. J'ai peur de m'enliser dans cette atmosphère un peu mortifère. Je ne comprends pas ce qui me retient encore ici. Mon travail est terminé, ce que je fais désormais ne nécessite pas que je reste, même quelqu'un comme Martine pourrait s'en charger. L'auberge peut aussi se passer

de moi, Angèle retrouverait sa tranquillité jusqu'à la saison d'été.
Mais je reste.
Je suis toujours là, pris au piège de cette atmosphère bizarre, sans grande volonté, dans l'attente de quelque chose qui ne vient pas. Il faudra bien que je pose mes pas sur le chemin qui va me conduire là-bas, chez mon père. Je sais que je vais m'y rendre, mais le présent n'en finit pas d'attendre.
Madame Bussière s'avance dans le grand hall et tente de me retenir en me demandant de bien vouloir déplacer quelques volumes mal classés dans sa bibliothèque. Je comprends qu'elle a besoin de ma présence, pour l'écouter, une fois de plus. Je n'ai pas le cœur de me dérober et je commence à ranger ce qu'elle-même a dû déplacer.
– Mon cher Antoine, je me demande à quoi va servir tout ce travail accompli. Était-ce bien utile ?
Chaque jour, j'habille la mort des oripeaux de la vie, je l'enveloppe de futile, de rien, je fais semblant d'y croire, je joue bien le rôle qui m'est assigné. J'écris le quotidien à l'encre de la supercherie, tout est lisse. Rien à redire.

L'honneur est sauf, l'ordre des choses a été préservé. La vie, dans tout ça, elle se résume à quelques heures par semaine, quelques heures rendues à la vérité.

Un pli de colère ou de je ne sais quel autre sentiment barre son front.

– On oublie qu'on est la main qui a façonné cette vie vide à jamais, la main qui a gommé les mots joie, bonheur, avenir.

Vous souvenez-vous de ce rêve dont vous m'avez parlé ? Votre père marchant devant vous et que vous ne parveniez pas à rejoindre ?

– Oui, bien sûr.

– Cette nuit, j'ai marché sur les pas de Julien. Je l'ai rejoint et nous avons cheminé côte à côte. Je n'osais pas le regarder, la sensation de sa présence bien réelle auprès de moi me suffisait. Et puis, j'ai tourné la tête vers lui, il me regardait. Les paroles étaient superflues, son regard me disait tout ce que j'avais attendu la vie durant. Puis, il s'est à nouveau tourné vers la route longue, très longue, sur laquelle nous avancions et nous avons continué à marcher. C'est la première fois que je rêve autre chose que des scènes liées à notre passé, notre enfance. Il était vivant.

Antoine, il est vivant.
Elle se tait, tourne son visage vers le parc. Je ne sais pas si je dois parler et que dire face à ce discours plus ou moins cohérent ? Elle se tourne à nouveau vers moi et me dévisage longuement. Je me sens mal à l'aise sous ce regard qui fouille en moi.

– Une fois par semaine, je vais là-bas dans cette clinique à Château-Saint-Sauveur comme on va à confesse, expier. Non. C'est le reste de ma vie que j'expie, lorsque je vais là-bas. Pourtant, il y a une jubilation à l'avoir encore à moi, libre, et prisonnier à la fois. Sa prison est sa liberté, j'en ai décidé ainsi, c'était ma mission. J'étais l'ange mis sur sa route, pour le guider pas à pas, lui éviter tous les écueils. Je l'ai préservé de lui-même, des autres et ainsi de moi. Il ne saura jamais. Sa vie est circonscrite dans une bulle, celle que j'ai confectionnée pour lui, et tant pis pour moi si je ne peux qu'en caresser les contours sans plus jamais pouvoir y pénétrer.
C'était le prix à payer.
J'ai condamné la porte qui permettait d'accéder à son cœur et son esprit, je l'ai condamné

lui parce qu'il avait choisi les autres et m'avait reléguée un peu plus chaque jour dans l'insignifiance. Je savais tout de son être le plus profond, celui qu'il ne soupçonnait même pas, moi j'en avais la prescience. J'étais sa conscience, sa pensée. Il était la chair de ma chair et il n'aurait dû en aucun cas me renier comme il l'avait fait pour ce monde fat et pervers, dépourvu d'esprit et de beauté. Je lui proposais l'éternité, il voulait brûler les heures, l'instant. Il repartait toujours pour sombrer encore et encore, toujours plus loin, toujours plus bas dans l'abjection et les ténèbres. Alors j'ai choisi, j'ai supprimé le monde et ses avatars. Je l'ai protégé de tout, lui qui ne savait pas se garder de la damnation. Il ne m'a pas laissé le choix.

Ne me regardez pas ainsi, Antoine ! Pas avec ces yeux qui pourraient être les siens, qui disent : qu'as-tu fait ? Que fallait-il donc faire d'autre ? Je n'ai fait que suivre cette petite voix en moi qui me dictait mes gestes. Son ami m'avait alertée, je vous l'ai déjà dit, il disait qu'il souffrait d'une attaque cérébrale. Je suis bien allée à son chevet, folle d'angoisse, prête à le faire hospitaliser, mais lorsque je

l'ai trouvé au fond de son lit, visage exsangue, corps désaffecté, désincarné, j'ai su que les dés étaient jetés. Seul son regard portait encore un peu de vie et suppliait de faire quelque chose. J'ai voulu soulager sa souffrance morale et physique, je l'avais trop longtemps abandonné à lui-même. Il y avait dans sa commode ce produit de mort, des seringues. Sans parler, mais ne lâchant à aucun moment son regard, j'ai fait ce qu'il attendait, j'ai injecté ce produit dans ses veines. Ce ne fut pas la mort qu'il réclamait qui était au rendez-vous, mais une mort bien plus terrible, une destinée sans existence, sans âme.
Ma vie, à compter de ce jour, est devenue une mort permanente. La glace m'habille, le feu de ma vie n'existe que dans le souvenir et dans cette image de lui dont j'ai dessiné les contours au fil du temps. Depuis ce mois de février, sa vie est une gamme, toujours la même, celle que j'ai été obligée de choisir. Une force plus grande que ma volonté me l'a dictée, vous comprenez, Antoine, tous l'avaient abandonné, sa mère, son père, Dieu, et j'ai dû tout assumer afin que l'enfer ne le possède pas. C'est ainsi que j'ai créé le

mien et je devrai le vivre jusqu'à son dernier souffle. Ensuite, je pourrai aller à la paix, Dieu pourra reprendre les rênes.

– Depuis que je suis allé avec vous à Château-Saint-Sauveur, je pressentais quelque chose de cet ordre. Je n'osais pas imaginer une situation aussi invraisemblable, je faisais en sorte de ne pas trop y penser et d'écarter les questions qui m'assaillaient. Il est donc bien vivant ?

– Oui. Avec l'appui de notre cher médecin de famille, j'ai pu le faire entrer à la clinique. Pour ceux de ce village, il valait mieux qu'il fût mort, la version officielle devait rester celle d'une triste disparition. Alors, j'ai usé de mon influence et de celle qu'avait exercée mon père sur les notables d'ici, on ne contredit jamais un Bussière. Il a été aisé de ranger à mon point de vue le docteur et le maire et ils n'ont jamais rien révélé.

J'ai tissé une toile de silence autour de Julien, une petite musique de vie et de mort. Je lui parle tout bas de notre vie rêvée, j'insuffle dans ses poumons atrophiés l'air de cette vie qui aurait été la nôtre. J'écris pour lui notre histoire et je lui conte chaque fois que je me rends là-bas. Je vis, nous vivons enfin réunis. Il m'écoute comme quand il était enfant lorsque je lui racontais des histoires pour faire venir le sommeil. Parfois, un sourire apparaît au coin de sa bouche, je suis certaine qu'il aime mon histoire, notre histoire. Il a fallu beaucoup de temps pour parvenir à graver ce sourire sur ses lèvres. J'y suis parvenue. Il a oublié l'autre monde pour n'aimer que cette belle fresque que je dépeins pour lui depuis des années. J'ai écrit l'histoire d'un doux fantôme, nous habitons lui et moi cette fragile réalité et nos souvenirs n'ont pas une ride.

Je n'ai pas le droit d'abdiquer, mourir avant lui est impossible puisque ma parole est sa vie. Si je disparaissais, c'est lui qui mourrait. Je dois continuer à écrire sur la page gommée de son esprit le texte d'une vie, je ne peux me soustraire à cette tâche. Et pourtant, je suis épuisée de ne point mourir.

Le temps s'arrête au portail de la clinique, hors ces murs, les heures peuvent bien s'enchaîner les unes aux autres, elles ne s'enroulent que sur du vide. Tout était presque devenu simple, je vivais un jour par semaine,

le reste du temps, cette non-vie ne servait qu'à préparer ces quelques heures de bonheur ; comme une fiancée attend le moment de retrouver son aimé, je brodais le temps. Et puis, il y a eu ce visage, votre visage. Une ombre, une réminiscence, sur le perron de cette maison de mort, si proche, si vraie que le temps a basculé, en a oublié sa chronologie. Je n'ai pu résister, il fallait l'approcher. Pourquoi venait-il ainsi me retrouver dans ce monde, il appartenait à l'autre.
Malgré vous, vous avez écrit une autre histoire, vous avez fait basculer la vie du côté de cette maison. J'ai cru un temps pouvoir reconstruire, faire avec vous ce que je n'avais su faire avec mon petit frère, mon petit Julien. C'était lui qui vous envoyait, ou bien était-ce mes parents qui ont guidé vos pas jusqu'à moi. Vous êtes son double, son esprit est en vous, je savais bien que son esprit ne pouvait s'en être allé ainsi. Là-bas, c'est sa défroque que je retrouve chaque semaine.

Complètement abasourdi, je ne trouve rien à dire pour combler le silence qui se répand entre nous, cela ne semble pas la gêner, son regard vide coule sur ma personne comme sur un fidèle fantôme, et elle reprend la parole, suivant seulement le chemin de sa pensée.

– Bientôt, il ne restera rien, pas plus de mes jours que de ces nuits de gouffres sans rêves. Rêve-t-il encore ? Moi je ne sais plus, depuis longtemps. Ma vie n'a été qu'une saison nue. J'ai recouvert mon visage d'un voile lisse et opaque où glissent les jours et les regards. Il fallait maintenir une distance afin que personne ne flaire la douleur qui m'habitait, afin d'entourer mon secret des brumes du silence. J'ai agrandi un peu plus le fossé entre les autres et moi.

Ils ont appelé ça orgueil.

Antoine ! mon frère et moi nous ressemblons de plus en plus. Comme lui, je peux rester des heures à regarder l'infiniment petit ; une mouche qui passe dans le champ de mes yeux ; et je la regarde, jusqu'à entendre le frottement de ses ailes, le frémissement de ses pattes. Les heures n'existent plus, le temps n'est plus.

Comme lui, je ne ferme pas les yeux. Il ne les ferme quasiment jamais. Son regard est simplement posé sur un autre monde. J'essaie vainement de l'y rejoindre depuis des années. Parfois, il pose sa main contre sa joue. Un très vieux geste dont il a gardé la mémoire. Ainsi, on pourrait croire à une pensée derrière son front sans rides. Je veux croire parfois que ses pensées sont seulement prisonnières. Elles doivent être douces, ses yeux me le disent. Son regard n'est pas vide, il est linéaire. Comme l'horizon, il effleure le monde. Avec lui, je sais depuis toujours que de vivre à mourir, il n'y a rien. Un battement d'ailes, un souffle.

Parfois, un bref instant, je crois qu'il me regarde vraiment, ses yeux me fixent. Alors mon cœur se serre, je suspends mon souffle, ses lèvres tremblent ou remuent, mais aucun son ne les franchit. Un peu de salive brille à sa lèvre inférieure. Il regarde souvent ses mains, les caresses. Il plie et déplie ses longs doigts, les frotte, pose ses mains sur les accoudoirs du fauteuil et regarde l'une, puis l'autre.

Je vous ai peut-être déjà dit qu'il a des mains de pianiste ?

Enfant, il tapotait sur le clavier, mes tentatives de leçons de piano se sont très vite soldées par un échec. Il ne tenait pas en place, se tortillait sur le tabouret, me suppliait du regard de le laisser aller courir dans le parc. Je cédais. Je ne pouvais me résoudre à le contraindre, il n'avait pas eu de mère, et je ne savais que faire pour combler ce manque. J'aurais dû insister, il avait des mains faites pour le piano. Il lui arrive d'en porter une face à son visage et d'en scruter le creux comme le ferait une diseuse de bonne aventure. Un jour, il a pris la mienne, l'a ouverte et l'a observée longuement, puis il l'a reposée sans me regarder.

La Baronne est tellement pâle que j'essaie encore une fois de mettre un terme à ce flot de paroles qui s'écoule dans la pièce. Je lui demande de se reposer et lui promets de l'écouter à nouveau si elle le souhaite lorsqu'elle aura repris des forces.
Je fuis littéralement, je suis incapable de lui dire autre chose, de compatir. Est-il possible de comprendre son geste ? Peut-être. Mais là, tout de suite, je me sens écrasé par ce secret dont je ne sais que faire. Je ne remets pas les pieds dans la bâtisse après avoir terminé les quelques tâches en cours. J'erre un certain

temps sur les chemins aux abords du village avant de rentrer à l'auberge, j'espère ainsi mettre de l'ordre dans mes pensées avant de me présenter devant Angèle. La Baronne m'a livré ce secret terrible, simplement, comme si c'était naturel et inévitable, il fallait qu'elle le dise enfin, et c'est moi qu'elle a choisi, moi, le sosie de son frère. Mais je me maudis de ne pas être parti avant cela, d'avoir provoqué cette confidence par ma seule présence. J'en suis persuadé, c'est moi et moi seul qui ai permis qu'elle parle de ses actes. Je savais parfaitement que quelque chose était latent, prêt à sourdre, et j'ai attendu que cela vienne, quelque chose en moi voulait savoir et c'est ça que je me reproche maintenant.

– Antoine, vous n'avez pas l'air bien, vous êtes malade ?
– Non, non tout va bien, peut-être un froid, j'ai marché un peu après le travail pour voir la forêt sous la neige.
– Hum, vous êtes sûr qu'il n'y a rien d'autre ? Vous semblez vraiment contrarié, je commence à vous connaître un peu, ma foi, et vous ne semblez pas frigorifié !

– J'ai parlé longuement avec Madame Bussière, ou plutôt c'est elle qui a parlé.
– Ah, et qu'est-ce qu'elle vous a encore raconté ? C'est pas des oiseaux dont elle vous a parlé pour vous mettre à l'envers comme ça. Elle vous a encore parlé de lui ?
– Oui.
– Vous devriez lui dire que ça vous dérange de parler des morts surtout quand ils vous ressemblent autant !
– C'est pire que ça, elle m'a tout raconté.
– Tout ? Mais vous saviez déjà, non ? Elle vous a déjà raconté ses frasques, sa vie dissolue, sa mort.
– Non, Angèle, il n'a pas eu de crise cardiaque, elle l'a interné, c'est un légume !
– Allons, allons, elle perd un peu la tête, elle devait divaguer !
– Non, elle n'a jamais été aussi claire, elle voulait parler, tout me dire.
– Bon, bon, soit, il n'est pas mort d'une crise cardiaque.
– Mais Angèle, cessez donc de faire comme si vous ne compreniez pas ! Il est vivant ! C'est clair ! Cessez de faire comme s'il était mort depuis des décennies !

– Et alors ? Qu'est-ce qu'on sera de plus quand on l'aura clamé haut et fort ? Qu'est-ce que ça changera, vous pouvez me le dire ? Qu'est-ce que ça changeait pour nous, tous les gens du village, qu'il soit vivant ou non ? Rien, tout simplement rien. Cela aurait seulement attisé les haines, les jalousies, les rancœurs. Alors, les choses se sont déroulées comme la Baronne le voulait. C'est ce qui lui a permis d'avancer, d'être là, de continuer, de tenir son rang et son rôle et d'accompagner son mort-vivant de frère. En restant soudés derrière Madame la Baronne, c'est l'intégrité du village qu'on préservait, « chacun chez soi et les vaches seront bien gardées ». Son malheur a été le ciment de ce village, un secret en guise de lien. Alors rien ne va changer. Ce n'est pas parce qu'elle a déversé toutes ces paroles sur vous que la vie ici va être différente. D'ailleurs, je ne suis pas certaine qu'elle se souviendra vous avoir dit tout ça, et mieux encore, vous devriez faire comme si elle ne vous en avait rien dit, parce que, si ça se trouve, elle est en train de regretter de vous en avoir parlé. Non, croyez-moi, tout doit rester comme avant.

Et cessez de vous croire le dépositaire d'un secret ! Même si nous ne connaissions pas les détails, beaucoup ici savaient qu'il y avait une sombre histoire autour de ce frère disparu, d'ailleurs jamais personne ne parlait de mort, mais seulement de disparition, ce n'est pas pareil.
– Quelle subtilité ! Elle a voulu le tuer, Angèle !
– C'est peut-être ce que lui voulait, il se frottait à la mort tout le temps sans jamais parvenir à franchir le pas.
– C'est ce qu'elle m'a dit. D'après elle, ses yeux réclamaient la mort.
– Les regards en disent souvent plus long que les paroles. Elle a fait ce qu'elle croyait bon pour son frère, et il eût mieux valu pour lui qu'il meure vraiment. Je sais ce que vous pensez, ce n'est pas bien catholique ce que je vous dis là. Si ça se trouve, elle ne savait peut-être pas les risques que son geste pouvait entraîner, elle voulait seulement le soulager. Qu'il soit mort ou non, le poids qu'elle porte en elle est exactement le même, alors ce n'était pas vraiment un mensonge.

28

– Antoine ! Viendrez-vous avec moi à Château-Saint-Sauveur samedi ?
– Si vous ne vous sentez pas d'y aller seule, je veux bien vous accompagner.
– Ce n'est pas cela. Je vais beaucoup mieux qu'avant Noël, mais pour la première fois depuis toutes ces années, je me sens désemparée, vidée de cette énergie qui m'a portée tout ce temps. Mes forces morales s'en sont allées avec ma parole libérée. Avoir livré ce secret m'a délestée de moi-même, comme si toute ma consistance ne tenait qu'à lui.
Pour la première fois, j'ai peur de me retrouver seule avec lui, seule face à ce néant, cette inertie. Je ne sais pas si je serais encore capable de tisser pour lui le conte de son destin non accompli. Le fil est cassé. Pourtant je ne peux pas l'abandonner, je me dois d'y aller.
– Pour cette fois, je viendrai, mais ce sera la dernière. Je vous attendrai dans le hall. Je

ne peux pas entrer dans cette chambre où repose le reflet de ce que je suis.

– Ne vous inquiétez pas, je ne vous imposerai pas ce face à face, bien que cela vous aiderait peut-être à savoir enfin ce que vous refusez d'être, à faire le tri aussi parmi les facettes de votre personnalité. Il n'est pas votre reflet ni ce que vous serez dans vingt ans parce que le physique est toujours à l'image de ce qui vibre en nous. Vous êtes le visage de sa part vivante, celle qui n'est plus. Aujourd'hui, ses traits sont lisses, gommés, comme sa mémoire blanchie. Il n'y a plus rien de lui là-bas et c'est pour ça qu'aujourd'hui j'ai peur de m'y rendre ; je n'arrive plus à croire tout ce que je lui dis.

Merci de m'accompagner.

Vous allez partir n'est-ce pas ?

Vous avez raison. Il vous faut aller chercher ailleurs ce que vous êtes. Il faudra que je m'habitue à ne plus voir son ombre vivante sous mon toit. Je me suis habituée au reste, je m'en suis accommodée longtemps avant votre venue, je ferai de même après votre départ. On est en capacité de porter bien plus que ce qu'on croit.

Samedi, je ferai comme toujours. Je suis habituée à ce silence lisse comme l'eau d'un étang, je n'essaierai pas de le briser, ce n'est plus nécessaire, je laisserai parler mon regard. Je plongerai mes yeux dans les siens, il ne cillera pas et me laissera pénétrer.
J'ai cessé de vouloir le tirer à moi, maintenant c'est moi qui vais à lui, dans cet espace indéfinissable, hors raison, hors parole. J'ai cessé de croire qu'il était l'oiseau qui se cogne à la vitre, je suis allée de l'autre côté du carreau. Je ne crains plus de passer du côté de l'oubli, c'est là que je peux le rejoindre ; un espace blanc, une neige qui absorbe tous les sons et où tout est déjà écrit. Se fondre dans ce paysage, ne pas laisser de trace.

Je sors fumer dans le parc de la clinique. Le ciel accroche son manteau gris aux tourelles de la bâtisse, la neige pèse de tout son poids, mais rien ne vient.
Au premier étage, derrière une des fenêtres habillées de barreaux, se dessine la silhouette de la Baronne. Elle agite les mains comme si elle tenait conversation avec celui qui est

assis et ne la regarde pas, la tête penchée en avant comme quelqu'un qui somnole. Elle baisse les bras et s'assoit face à lui. Elle se tourne vers la vitre et me fixe. Je me détourne et me mets à marcher dans l'allée. Je ne veux rien voir de plus, surtout pas photographier les traits de Julien en moi, ils n'appartiennent qu'à elle.

29

J'ouvre les yeux. Le bleu du ciel colle à la fenêtre, quelques nuages se sont rassemblés aux carreaux. Avant de chavirer dans le sommeil, longtemps j'ai accroché mon regard à cette lucarne où la lune arrondissait ses hanches au creux de la nuit.
En bas, bruits de maison, odeur de café. Rien d'ennuyeux dans cette répétition quotidienne, juste un rythme. On attend sans attendre. Chaque chose est à sa place.
Les chants d'oiseaux recommencent à se faire plus présents. Les Rouges-gorges rivalisent depuis quelques jours avec les Merles du jardin, chacun chante à tue-tête son territoire. Ils cisaillent mon écran de vols désordonnés. Allant, venant, tourbillonnant, ils voudraient annoncer le printemps, mais les branches crispées retiennent leurs bourgeons. Les beaux jours restent en suspens derrière un voile de nuages.

J'ouvre la fenêtre et le bruit des battements d'ailes vient se mêler aux chants. Le froid de février me fouette le torse.
Je me sens vivant.
Je descends. Une odeur de matin plane, la cafetière attend sur le rebord de la cuisinière, les tranches de pain sont enveloppées dans un torchon. Angèle est sortie, je suis seul dans cette place chaude. Ce pourrait être hier, il y a vingt ans ou demain.
Je savoure cet instant d'éternité retrouvée. Le printemps va disperser les dernières neiges. Il va bientôt être temps pour moi de repartir.

La porte bat dans l'entrée et j'entends les bottes d'Angèle claquer sur le carrelage – elle se déchausse toujours – je n'ai pas le temps de me poser de questions parce qu'elle pousse brutalement la porte de la cuisine et s'arrête bouche grande ouverte pour avaler l'air qui lui manque tant elle semble avoir couru.
– Asseyez-vous, Angèle, reprenez votre souffle.
Elle est blanche comme un linge et secoue la tête en fermant les yeux.

– Antoine… c'est terrible !
– Respirez, Angèle, je vais vous donner à boire.
– La Baronne… Elle est morte !
– Ce n'est pas possible !
– Si, si, elle est morte.
– Elle allait très bien quand je l'ai laissée, hier soir, elle semblait même avoir recouvré un peu d'énergie après la visite à son frère.
– Je vous dis qu'elle est morte.
– Vous êtes certaine, elle a peut-être eu un malaise. Je vais y aller.
– Attendez. Je vous assure qu'elle est bel et bien morte et ça n'a rien à voir avec un malaise. Tenez, lisez ce papier que j'ai trouvé sur la table. J'ai cru qu'elle regardait le jardin comme d'habitude, mais elle n'a pas tourné la tête vers moi lorsque je suis entrée dans la bibliothèque. J'ai senti tout de suite une atmosphère bizarre, un silence inhabituel, et puis il y a eu ce courant d'air qui a fait claquer la porte et m'a fait bondir. À cet instant, j'ai compris qu'elle était morte, elle n'avait pas bronché d'un pouce. Je ne suis pas peureuse, mais j'étais pétrifiée, j'ai fait un effort surhumain pour avancer jusqu'au fauteuil. C'était

affreux ! Elle était là les yeux grands ouverts, les mains accrochées aux accoudoirs avec un filet de bile sur le menton et sa robe souillée sur la poitrine. Sur la table, il y avait un flacon et une boîte de cachets, vides. Elle a tout avalé pour être certaine d'en finir. Lisez, Antoine, elle explique tout. Son frère est décédé hier soir, la clinique l'a avertie par téléphone.

Antoine se sentait las de cette journée qui n'aurait jamais dû commencer. Pendant qu'Angèle parle et s'agite, il regarde le jardin comme l'aurait fait Adélaïde, il pouvait bien la nommer ainsi désormais, la mort autorisait cette intimité, elle n'était plus là pour rétablir la distance. La vitre lui renvoyait un pâle reflet au-delà duquel il observait des oiseaux menant une sarabande de vols anarchiques. Il aurait voulu sortir, marcher, faire le vide, se laisser porter par ses pas, se fondre dans la forêt, avancer à ses côtés dans cet espace, car il ne faisait aucun doute pour lui que c'était là-bas qu'il pouvait la rejoindre et lui parler. Il avait encore beaucoup à lui dire avant de repartir.

– Lisez, Antoine, lisez donc ! Elle a tout prévu, tout organisé, elle a laissé des instructions chez le notaire pour que le corps de Julien soit rapatrié à Combe-aux-Bois et qu'il soit enseveli avec elle. J'ai tout lu, elle a même marqué de ne rien toucher et d'appeler le maire et la gendarmerie, qu'elle ne voulait pas qu'on ait des ennuis, qu'elle avait agi toute seule et qu'il était enfin temps que tous deux reposent dans le caveau familial. C'est terrible ! Pourquoi révéler maintenant ce qu'elle a passé une vie à cacher ?
– Calmez-vous Angèle, La Baronne reste la Baronne, elle ne pouvait pas laisser aux autres le soin de clore sa vie, sa fin est à l'image de son existence, une grande mise en scène, une pièce de théâtre.
– Vous avez raison, mais ce qu'elle ne savait pas, c'est que nombreux étaient ceux qui y participaient à cette pièce ! Il n'y avait pas que le maire et le docteur à savoir ce qui se passait à Château-Saint-Sauveur. Beaucoup ont joué le jeu. Les vieux savaient. Les jeunes, eux, s'en fichaient bien des histoires de la Baronne, ils sont d'un autre monde. Mais nous, on se devait de faire comme si.

– Croyez-vous vraiment qu'elle était dupe ?
– Je ne sais pas, mais peu importe, on a fait ce qu'il fallait.
– Je suis certain qu'elle savait, mais elle devait continuer à assumer le rôle qu'elle s'était donné, c'était sa façon d'expier.
– D'expier ! Vous en avez de ces termes ! Elle voulait simplement que personne ne connaisse l'état dans lequel était plongé son frère, le reste c'est une affaire entre elle et le Bon Dieu, et nous sommes bien peu à savoir de quoi il en retourne vraiment. C'est de la dignité, sans doute un peu d'orgueil aussi.
– Il y avait sûrement de ça et sans conteste un amour démesuré pour son frère. Je me demande bien pourquoi l'opinion des gens du village avait une telle importance pour elle ? Elle pouvait bien l'ignorer du haut de son statut.
– Les choses ne sont pas si simples, il y a des règles à respecter, des codes, et elle avait le statut que les gens d'ici voulaient bien lui donner.

Il lui tardait d'être seul, le flot de paroles d'Angèle le submergeait, l'étouffait. Il aurait voulu la rassurer, l'apaiser, mais il en était incapable, il ne trouvait pas les mots. En fait, il courait à toutes jambes vers la Rosière même si elles étaient de plomb et l'obligeaient à écouter Angèle qui se lamentait, c'est le petit garçon qui courait dans sa tête ; il fallait qu'il trouve le cahier avant que la machine officielle ne se mette en marche et verrouille tout. C'était la seule chose qu'il voulait récupérer, le cahier de dessins de la petite fille folle d'oiseaux et de rêves, le reste n'avait pas d'importance. Lorsqu'il articula quelques mots à l'intention d'Angèle, c'est l'autre qu'il entendit s'exprimer, lui était ailleurs, dans cet espace improbable où la pensée côtoie les âmes.

– Je vais téléphoner au maire et à la gendarmerie, restez ici, je m'occupe de tout. Je les avertirai de la Rosière.
– Faites tout ce qu'il faut, je suis incapable d'y retourner tout de suite, je m'occuperai d'avertir Monsieur le Curé.

Le fauteuil à bascule n'oscille plus. La vieille dame aux cheveux blancs ne bouge pas, son talon ne donne plus l'impulsion. Elle est assise là depuis longtemps, depuis toujours.
Tout s'est arrêté ce matin.

Son regard est figé sur l'horizon du jardin, en suspens. Le vieux tilleul frileux sous un duvet de neige est toujours là. Ses yeux sont ouverts sur ce néant qu'elle n'a cessé de scruter toute sa vie. Ils cherchent encore l'ombre d'un frère.

Nous sommes en février, une lumière fragile caresse les rideaux. Sur la page blanche du jardin peut s'écrire un nouveau printemps.

Ouvrages parus aux éditions Parole :

Collection Main de femme

Isabelle Hasbroucq : *Rouge comme un cœur dans la bouche de dieu*.

Violette Ailhaud : *L'homme semence*.

Lacolaffeille : *L'amour fait aux femmes*.

Mélanie Laheurte : *Sensations photographiques du Verdon*.

Catherine Carage : *Le Coucou*.

Violaine Warin : *Femmes lunes*.

Juliet Schlunke : *Rosenthal, une enfance australienne*.

Isabelle Hasbroucq : *Petites têtes d'épingles et autres minuties*.

Maria Borrély : *Sous le vent*.

Brigitte Broc, Emeline Chatelin – CD poésie et harpe :
Mon désir est devenu jardin.

Claire Frédéric : *Le piano à écrire*.

Maria Borrély : *Les Reculas*.

Édith Reffet : *Le Bout du Monde*.

Géraldine Hubinois : *Sur la plus haute branche*.

Édith Reffet : *Lit 54*.

Émilie Kah : *La petite flingueuse - Retour à Diên Biên Phu*.

Ile Eniger : *La femme en vol*.

Juliet Schlunke : *La Dryade*.

Suzanne Ghersenzon-Spénale : *Celui qui déplaçait les montagnes*.

Traduit en allemand par Frédérique-Marie Miñana :
Der Samenmann – L'homme semence de Violette Ailhaud.

Violette Ailhaud : *L'homme semence* – version illustrée de linogravures de Maryline Viard.

Sophie Alfieri : *Trois jeunes appelés dans les Aurès (Algérie 1956-1957)*.

Émilie Kah : *L'automate du vide-greniers*.

Jackeline Van Bruaene : *Rua da Cruz et autres histoires*.

Marie Lébely : *Le large dans les poubelles*.

Soumya Ammar Khodja : *De si beaux ennemis et autres nouvelles*.

Luisa Myrial : *L'île - Les sept nuits d'Ève à Lilith*.

Mireille Barbieri : *C'était en février*.

Bande dessinée

Mandragore et Laetitia Rouxel : ***L'homme semence***, en coédition avec les éditions de l'Œuf

Collection Biface

Daniel Daumàs - Livre : ***Tessons de vie/Tròçs de vidas***.

Jean-David Gallet - Livre-CdRom : ***Dans le secret de la nuit***.

Daniel Daumàs - Disque-livre : ***Còntra Suberna/À contre-courant***.

Alain Billy - Livre : ***Les Amandes***.

Daniel Daumàs - Contes de la Provence d'en haut : ***L'attrape soleil/L'aganta soléu***.

Lieutenant Vallier/Claude et Jean-Michel Sivirine - Livre : ***Le cahier rouge du maquis / L'homme boussole***.

Collection La mescla

Miquèu Montanaro et Réka Fekete - Correspondance : ***Un vélo dans les arbres***.

Jean-Loup Dariel - Roman : ***Célestin de l'Étang***.

Bernard Loyer - Roman : ***L'hiverne***.

Raymond Jardin - Roman : ***La guerre des moissons***, *tome 1 : L'Ardente et la Routière.*

Raymond Jardin - Roman : ***La guerre des moissons***, *tome 2 : Les marins des hautes terres.*

Jean-Pierre Vaissaire - Roman-conte : ***Chaconne.***

Éric Schulthess - Recueil : ***Marseille Rouge Sangs.***

Jack Meurant - Roman : ***Prettye un amour envolé***.

Jean-Pierre Védrines - Conte : ***Jean le roux***.

Éric Schulthess - Conte : ***En attendant la pluie.***

Félix Chabaud : ***Pour l'exemple.***

Violaine Warin - Contes : ***Un gecko dans la calebasse et autres histoires extraordinaires***.

Barney Vaucher - Polar : ***Meurtre au Verdon***.

Barney Vaucher - Polar : ***À bas les masques***.

Collection Chemin faisant

François Lupu : ***L'équation, une vie d'une rive à l'autre.***

Collection Le temps d'apprendre

François Roddier: *Le pain, le levain et les gènes.*

Laurence Verna-Vanin: *Voir et penser: de l'œil à l'esprit.*

Agnès Pastourel: *Presque encyclopédie de la vigne et du vin.*

Louis Brachet: *La terre prise au piège de l'homme.*

Paulette Borrély: *Maria Borrély 1890-1963.*

François Roddier: *Thermodynamique de l'évolution.*

Jack Meurant: *Jean Giono et le pacifisme.*

Henry Lombard: *Sentiers philosophiques.*

Langage Pluriel: *D'un pays à l'autre. De l'Italie à l'Aquitaine.*

Jacky Plauchud Vaucher et Barney Vaucher: *Calanques: un siècle d'amour et de vigilance.*

Christiane Gaillard: *Le petit traité de l'amour.*

Yannick Bernier: *La face cachée du Verdon.*

Langage Pluriel: *D'un pays à l'autre. De l'Espagne à l'Aquitaine.*

Langage Pluriel: *D'un pays à l'autre. De l'Alsace à l'Aquitaine.*

Berthe Pélestor-Ravel : *Vingt ans de cohabitation dévastatrice : la colère d'une bergère.*

Olivier Soria : *La chèvre de Monsieur Crétin : Les frasques écologiques de l'être humain racontées par un olivier.*

Langage Pluriel: *"La cuisine" D'un pays à l'autre - 100 recettes immigrées.*

Langage Pluriel: *D'un pays à l'autre - Pays d'Eymet terre d'accueil.*

Collection Angle de vie

Yannick Bernier – *Ma Patagonie !*

Collection Pourquoi ?

Sagault - Jutta Ash: *La marmotte qui ne voulait pas siffler.*

Myriam Benois: *Grise Mine.*

René Frégni - Jutta Ash: *L'étrange Noël de Léa.*

Florence et Patrick Lanéelle – Livre-disque: *Djamil, le crocodile qui perdit ses dents.*

Marie Clauwaert et Éva Schlunke : *Xal, le lézard, donne sa langue au sorcier.*